嫌われ者の【白豚令嬢】の巻き戻り。二度目の人生は失敗しませんわ！2

目次

人物紹介
CHARACTER
アイザック・リストリア
第三皇子でソフィアの仮の婚約者。
ソフィアを甘やかすことが
大好きだがその真意は
伝わっていないようで――？
シャルロッテ・ハーメイ
ソフィアのクラスメイト。
平民でありながら
桁違いの魔力を持つ。
ソフィア・グレイドル
グレイドル公爵家の令嬢。
転生後、処刑台を経て５歳から
やり直し人生を歩んでいる。
無自覚に周囲の人々を
たらし込んでいる。

アレス・マッスール
ヤンチャで単純、
後に剣聖と言われる存在。
ファーブル・スティアート
多大なる魔力も持ち、
後に大賢者と言われる存在。
ジーニアス・エリシア
魔道具造りが得意な
稀代の天才。
真面目で照れ屋。
アイリーン・ヒロウナ
巻き戻り前のアイザックの
婚約者。ソフィアに思うところが
あるようで——？

プロローグ

私は【ソフィア・グレイドル】としてこの世界に転生してきたんだけれど、それは最悪な人生の始まりだった。

このソフィアという女は、悪事という悪事を繰り返した、白豚令嬢。そう、彼女は怠惰な性格でとんでもない巨体の持ち主だったのだ。

元々趣味が筋トレで身体のコンディションには人一倍気をつかっていた私にとっては、それだけでも最悪だったのに、最後には一目惚れして付きまとっていた第三皇子・アイザック様の婚約者――アイリーンを殺そうとした罪で、斬首刑となる運命。

そんな女性に転生するなんて人生詰んでるよね？　っと当時の私はパニックになりました。

そこにジャジャーンっと創造神様登場。

どうやらこれは女神様のミス……んんっ、手違いだと分かったんだけど、魂が定着してしまっているらしく、私はソフィア・グレイドルとして、生きていくこととなってしまった。

創造神様はそんな私のために、色々なチート能力と人生をやり直すチャンスをくれた。

私は白豚令嬢ソフィアとして人生を五歳からやり直すことになったんだ。

五歳からソフィアとしての人生をやり直した私は、それはもう頑張った。

重い身体を動かしてダイエットに励み、お父様やお母様との関係も改善した。

何よりも、かつて私を軽蔑(けいべつ)していたであろうアイザック様や、ジーニアス様、ファーブル様、アレス様と友人になったのだ！

アイザック様とは色々あって仮の婚約を結ぶ事になるなど、予想外の出来事もあったけれど、断罪処刑の回避には成功しているはず！


——そして今。


ドキドキの魔法学園の入学式が無事終わった。

自分達が勉強する事となる教室へと向かう道中、私はアイザック様にエスコートされながら廊下を歩いていた。

「あのっ、アイザック様？　教室に行くだけなのでエスコートはいりませんわ」

「ふふっ、そう言うわけにはいかないだろ？　僕は婚約者なわけだし」

「仮だけどな？」

一緒に歩いていたジーニアス様が何かを小声で呟く。ジーニアス様はエリシア公爵家の次男で、稀代の天才児と謳われている。

「んん、ジーニアス？　何か言った？」

「別に？」

うん、今日も二人は仲良しだ。

学園でも、今までみたいに皆で仲良く出来たらいいな。

この日を迎えるまで、巻き戻り前のソフィアの人生を思い返して不安な気持ちになっていたけれど……今の私達ならきっと大丈夫！

そんな事を考えながら、アイザック様達と廊下を歩いていた私。

――そんな私達の姿を、背後から突き刺さるような視線で見つめる女生徒がいたなんて気付くわけもなく。


「あぐっ！」

突然の激しい痛みと、後ろからタックルされたかのような衝撃で、私は前に思いっきり転んだ。

「フィッ！　フィア、大丈夫か？」

「ソフィア？　怪我してない!?」

アイザック様とジーニアス様が私に慌てて駆け寄る。

当の私は何が起こったのか理解できないでいた。

「いったいぃっ！　何しますのっ？」

私の背後で一人の女生徒が叫んでいるみたいだけど、彼女の事など目に入ってない様子のアイザック様とジーニアス様。

私はアイザック様とジーニアス様に取り合うように抱えられ、その場を去った。

第一章　魔法学園、入学

女生徒——アイリーン・ヒロウナは、予期せぬ出来事の連続に苛立っていた。

「なんで屑(クズ)でデブのソフィアがチヤホヤされてんのよっ！　二人のイケメンにエスコートされて教室に向かうのは私のはずなのに、意味が分からないっ！　これもソフィアが痩せたせいよね？　どうしてこーなってるのかは分からないけど、ソフィアにはとっととゲームのような屑(クズ)になってもらわないとね」

独り言をブツブツと言いながら、教室へと移動するソフィア達の後を付いていく。

そしてタイミングを見計らい、ソフィアに思いっきりぶつかった。

何かの間違いでアイザック様達が私に気付いていないなら、無理やりにでも気付かせればいいんだわ！　なんてったって、私は乙女ゲーム【聖(せい)なる乙女達(おとめたち)と悪(あく)の女王(じょうおう)】の貴族ヒロインなんだから。

この世界は私のためにある……私の無敵ストーリーが始まるの！

——それなのに……！

アイザックとジーニアスに無視されて、一人残されたアイリーンは、自分に何が起こったのかしばらく理解できず、尻餅（しりもち）をついたまま呆然としていた。

「――あっあのう、ヒロウナ様、大丈夫ですか？」

呆然と座り込むアイリーンの所に心配げに駆け寄ってきたのは、平民ヒロイン――シャルロッテ・ハーメイだった。

「だっ大丈夫よっ！　平民に心配される程の事じゃないわっ！」

予定が狂ったのだろう。アイリーンは八つ当たりするかのようにシャルロッテに捲（まく）し立てる。

「あっ、すす、すみません」

アイリーンにキッと睨まれ、シャルロッテは逃げるようにその場を走り去っていく。

何よっ、なんなのよっ！　ヒロインの私が転けたのよ？

なんでアイザック様も、ジーニアス様も手を貸さないの!?

唯一声をかけてきたのが平民ヒロインとかっ！

はぁ……わけ分かんないっ！

「チッ、時間を無駄にした」

そう毒を吐くと、アイリーンは淑女（しゅくじょ）らしからぬ動きでバタバタと廊下を走り教室に向かうのだった。

「ヒロウナ嬢？　何をしていたんですか？　あなたが最後ですよ？」

教室に入ると、すぐさま教師が注意してくる。

「えっ⁉　私が……？」

教師に言われて教室を見回すと、皆席に座っていた。

……空席三席を残して。

直ぐにアイリーンは気付いた。その空席はアイザック達だと。

「あっ、あの……でもアイザック様達がまだいらしてないのでは？」

教壇(きょうだん)に立つ教師は大きなため息を吐くと、呆れたようにアイリーンを見た。

「ヒロウナ嬢？　あなたは下の名で呼んで良いと殿下から許可をいただいたのですか？　許されてないならば不敬ですよ？」

「そっ、それはっ……」

そう言うなり、再び大きなため息を吐いた。

「アイザック殿下は早退しました。婚約者のグレイドル嬢を心配してね？　ささっ、席について下さい」

「えっ⁉　はぁ？　婚約者ってソフィアが⁉　意味分かんない！」

アイリーンは今にも癇癪(かんしゃく)を起こしそうだ。

「はぁ……あなたには勉強以外の事も教える必要があるようですね」

教師は残念そうな目でアイリーンを見つめる。

「はぁ？　なんで？」

「だから！　そういう所ですよっ」

教師は呆れて声を荒らげた。

◇

私は、アイザック様とジーニアス様に連れられて、保健室にやってきた。アイザック様とジーニアス様は、治癒師コーラル先生にあーだこーだと当の本人より口を出している。

私は鼻を少し擦りむいて、右足を少し挫いただけなんだけど……

凄い大怪我をしたみたいになっていて少し恥ずかしい。

コーラル先生は私の傷をチャチャッと治癒し、何故こんな怪我をしたのかと質問タイムが始まった。

何故と言われても衝撃が走った時には転けてたし、なんて説明したら……と困っていた私の代わりに、アイザック様とジーニアス様が事のあらましをササッと先生に説明してくれた。

「えーっと話を纏めると、グレイドル嬢は背後から何者かに体当たりされたんですね？」

「えっ？」

体当たり？　確かにいきなり何かが背中に当たって転けたのは確か……

「そうですね。ある女生徒が淑女らしからぬ動きで近付いてきたかと思えば、いきなりフィアに体当たりをしてきたんです。自分からぶつかってきておいて、痛いと大袈裟に騒いでいました」

「そうですね。この学園の生徒とは思えない行動だ」

アイザック様とジーニアス様が、私は女生徒に体当たりされたせいで転んだのだと言っている。

背後が騒がしかったのはそういう事⁉

それに知らなかった……私、もしかして早くも嫌われてる？

おかしいな、嫌われるような行動をした覚えはないのだけれど……

「それでその女生徒は？　どーしたんです？」

少し気になって質問すると、アイザック様が思い出したのか顔を歪める。

「気持ちが悪いから、慌ててフィアを連れて保健室に来たんだよ。だから僕はその後のことは見てない」

アイザック様の後にジーニアス様も続く。

「僕はチラッと顔を見たから、次に会えば絶対に分かる。今度変な事したら……タダじゃおかないけどね」

「それは同感だ」

二人は物凄く悪い顔して微笑んだ。

「でっ？　この後どうするのですか？　今から教室に戻っても、今日は授業もないですし……。自己紹介をしたら解散の予定だから、このまま帰っても問題ないと思いますよ？」

コーラル先生がそう言うと。

「そうか……それじゃあ帰ります」

「え、帰るんですか？」

「そうだね。……これ以上男共にフィアの可愛い所を見せられない！　どうせ、フィアは無駄に可愛い笑顔をばら撒くんだ。そんな事させてたまるか」

アイザック様が早口で返事をしてくれるんだけど。

後半は小さな声でボソボソ言っていて、何を言っているのか聞こえなかった。

「私は……その、クラスメートの自己紹介を聞きたいような……」

するとジーニアス様が一言。

「でも……今日はもう帰った方が良いんじゃないかな？　今から教室に入ると注目の的だよ？　………こう言うとかなりの確率でソフィアは嫌だと言うからね。どうせアイザックの事だ、ソフィアをクラスメートに見せたくないって考えてるんだろうけど……それは僕も同感だ。代表挨拶の時の男達の目。魔道具を使って見えなくしてやろうかと思ったよ」

「えっ！　目立つ？　それは絶対に嫌です」

「ふふ、やっぱりね」

「え？　やっぱり？」

ジーニアス様まで、後半は何を言ってるか分からなかったんですが、二人とも何をボソボソと独り言を言ってるの？

今日の二人はなんだかいつもと違って様子がおかしい。

「という事で、今日はもう帰ろう。僕の馬車で送るよ、丁度グレイドル邸に用事があるからね。……ソフィアの考える事なんてお見通しだよ」

「なっ！　それなら僕も一緒に馬車に乗るよ。なんでジーニアスが先に言うんだい」

「えっ？　ジーニアス様、グレイドル邸に用事とは？」

不思議に思ってジーニアス様をチラリと見る。

「グレイドル公爵から頼まれていた魔道具が完成したんだ。それを渡しにね？」

「えっ？　お父様から頼まれてた⁉　なんですのそれっ、気になります」

「う～ん。ごめんね？　僕からはソフィアに言えないや。自分で聞いてみて？」

ジーニアス様は小首を傾げてニコリと微笑んだ。

「分かりました」

なんだか納得いかないけど、こうなったらお父様に直接聞いてみるしかない！

どんな魔道具なの？

気になる。帰ったらお父様を問い詰めないと。

◆

屋敷に戻ると、すぐさまジーニアス様は執事のセバスに連れられて、お父様の執務室に向かった。

私とアイザック様は、サロンでデトックスティーを飲みながらたわいも無い話をしている。

するとお父様とジーニアス様がサロンに入ってきた。

「フィアたん。プレゼントがあるんだ」

えっ……まさかジーニアス様が言ってた魔道具って、私へのプレゼントだったの？

だから言えなかったの？

チラッとジーニアス様を見ると、片目を瞑り人差し指を口に当てていた。

何？　その可愛い仕草っ！

似合う人を選びますよ？

お父様が綺麗に包装された長方形の箱を渡してきた。

「さっ、中を開けてみて？」

子供のようにワクワクとした表情でお父様が私を見る。どうやらこの箱の中身は、余程の自信作みたい。

「ありがとうございます」

綺麗に包装されていた箱の中に入っていたのは……深い青色をした美しい宝石のネックレスだっ

た。この青い石は魔石だ。これはかなり精巧（せいこう）に作られた魔道具に違いない。

「どう？　どう？」

ソワソワと私を見つめるお父様、その姿は少し可愛い。

「とても美しいネックレスですね、気に入りました」

私は満面の笑みでお礼を言った。

「はぅっ！　フィアたん……」

少し目を細め嬉しそうな表情をするお父様。

「――ですが、これ程に膨大な魔力が練り込まれた魔石をネックレスにしたのは何故ですか？　これは魔道具ですよね？　ただのネックレスとは違いますよね？　だってジーニアス様が作ったんですから」

「あっ……ええと？　それはだね？」

黒目を左右に動かし、明らかに挙動（きょどう）がおかしいお父様。

これは絶対何かある。

「お父様、隠し事はやめて下さい」

私は潤んだ瞳でお父様に訴えかけた。

「……可愛い…………ふう。仕方ないか、あのね？　ウメカ・ツゥオって覚えてる？」

ウメカ・ツゥオだって？

忘れるわけがない！

「もちろんです！　我が領で子供達を奴隷として販売していた、屑司祭ですよね？」

「ああ。そのウメカ・ツゥオがね？　どうやらフィアたんを狙っているみたいなんだ。アジトを見つけた時、ウメカ・ツゥオを取り逃した事は話しただろう？　捕まえた奴らを尋問して、知ってる事を全て吐かせた結果、ウメカ・ツゥオがフィアたんを逆恨みしている事が判明したんだよ」

「なっ、なんだって!?」

その話を聞いたアイザック様が驚き立ち上がる。

「だから、いつでもフィアたんが何処にいるのか分かるように、そのネックレスを作ったんだ。それを着けていれば誘拐されようとも、直ぐにソフィアを発見出来る」

「誘拐などさせてたまるかっ！」

アイザック様が肩を震わせ怒りを露わにする。

「もちろん私だってそのつもりだ。これは万が一のための策」

ウメカ・ツゥオめっ、逆恨みとか。

はぁ……本当に肝が小さなイヤなヤツだ。

でもどーやってこの魔道具で私の居場所を捜すんだろう？

私はネックレスを見つめる。

「この魔道具で、どのようにして私の居場所を知る事が出来るのですか？」

「ふふふ、それはね？」

ジャジャーンッて効果音がつきそうな雰囲気で、お父様は腕にはめたブレスレットをどうだと言わんばかりに私に見せてきた。

お父様？　気持ちは分かりますが威厳（いげん）は何処にいったんですか？

「このブレスレットに魔力を通すと、フィアたんの居場所が私に伝わる仕組みさっ」

お父様は得意げに話すけどこれって……これって、前世でいう所のＧＰＳだよね？

って事はだよ？　私はずっとお父様に居場所を知られているわけで……四六時中監視されるって事だよね？

えげつない監視システム。まぁお父様はストーカーでもないし、別に私に対して何もしないから良いんだけども……

「ちょっ！　そのブレスレット、僕も欲しい」

「えっ？　はっ？　アイザック様？」

お父様の話を聞いたアイザック様が自分も欲しいと言いだした。

一体、私の何をストーキングするつもりですか？

「ダメだっ！　これは私だけの物っ」

アイザック様の言葉にブレスレットを後ろに隠すお父様。

……子供ですか？

「もし学園で何かあったらどーするんですか？　グレイドル公爵は学園にいないでしょう？　そんな時に守れるのは学園にいる僕かと思いますが？」

その様子を見たアイザック様が、さも正論かのように畳（たた）みかける。

……なんの争いをしているんですか？

「ぐっ……！」

いやいやお父様？「ぐっ！」じゃないからね？

ストーカーがこれ以上増えるのは困りますからね！

ハッキリ断って下さいね！

◆

お父様からウメカ・ツゥオの話を聞いてから一週間。

ブレスレットは、とりあえずお父様だけが持つ事になった。

いくらアイザック様が私の事を心配してくれてるといっても、ストーカーは増やしたくないですからね。お父様だけで充分。

それに、今の所怪しい気配はないようだ。

学園生活はと言うと、順調に友達を増やし…………くうっ。

予定では可愛いお友達がたくさん出来るはずだったのに。

誰も私に近寄って来てくれない……何でよ？

話しかけようかなって目が合うとすぐに逸らされ、蜘蛛の子を散らすかの如くサッと何処かに行ってしまう。

これって……もしかして、痩せてもソフィアは嫌われる運命なの!?

そんなっ……!?　楽しい学園生活が……っ！

ついついマイナスな事を考えてしまい、私は一人プルプルと身悶える。


——その姿をクラスメイト達が陰でこっそりと見ていて「グレイドル様♡　尊い……ああっ今日もご尊顔を拝めて眼福……」などと話していただなんて、思いもしないのだった。


私達が通う魔法学園は、一学年に五クラスある。

クラス分けは魔力順、魔力が多い順にA↓B↓C↓D↓Eと分けられている。

高位貴族に魔力数値が高い者が多く現れるという事もあり、平民はDかEクラスになる事が殆どなのだけど、本年度は平民初のAクラスが現れたんだとか。

それが、シャルロッテ・ハーメイ様。

入学式の時、私と同じテーブルに座っていた美少女だ。

彼女も私と同じで一人でいる事が多かった。貴族しかいないAクラスに平民の彼女が簡単に馴染めるわけもないので、当然の事かもしれない。

他の貴族の令嬢達と仲良くなってもよかったんだけど、Aクラスには巻き戻り前のアイザック様の婚約者、アイリーン様がいるのだ。

彼女は侯爵令嬢という身分もあいまって、多くの取り巻き達を連れている。

そして私は何故か彼女に嫌われているようで、その集団には無視されてしまっていた。

断罪を免れるためにも、アイリーン様とは関わりたくないから良いんだけど……

クラスにお友達がいないのは正直言ってさみしい。

だからこそ、シャルロッテ様に話しかけようと思っているのに、休み時間になると何処かに消えてしまう。今日も、授業が終わったらあっという間に何処かへ行ってしまっていた。

◆

「あれ？　ここは……何処だろう？」

お昼の休み時間、私は学園の広大な庭園をウロウロしていた。

はい、迷子になりました。

困ったな。アイザック様とランチを学園のカフェテリアで食べる約束をしてたのに……

いつもは教室から一緒に移動しているのだけど、今日はアイザック様とジーニアス様の二人が生徒会でのお手伝いに呼ばれているのだ。

初めて一人でカフェテリアに向かうと決まってから、二人には「大丈夫なのか？」と心配され、「三回も行った事があるので大丈夫ですわ」などと偉そうに言ったのに……

そんな過去の自分に一言だけ言ってやりたい。

あなたは三回行っても道を覚えてないポンコツですよと。

何処が正解の道なのかも分からず、途方にくれながらプラプラと歩いていると。

「――んっ？」

奥の方で声がする？　何かしら……


――気になり、声がする方に駆け寄ると……


「平民の分際でAクラス？　そんなわけないでしょう。あなたにはAクラスの人しか羽織れないその特別なローブも、ネクタイも似合わないのよ！」

「ホントよね？　私でさえBクラスですのにっ、あなたのような下賤な平民がAなんてっ！　信じられないですわっ」

「試験の時に何か不正をやったんでしょう？」

「――私は何もしていません」

「はぁ？　誰が口を利いて良いと言ったのかしら？」

「あはは、平民には貴族のルールなんて分からないのかしらね」

――六、七人の女生徒が一人の女生徒を囲み罵(ののし)っている？

「なっ……何をやってて！」

私が慌てて女生徒の前に飛び出た、その時！

「こんなお弁当なんか持ってきて、貧乏臭いのよっ！　その似合っていないローブもこれで似合うようになるんじゃない？」

女生徒の一人が、囲まれていた少女に目がけてお弁当箱を投げつけた。

それは全て少女の前に立った私に命中し、お弁当の中身が私のローブや制服にベッタリと付着した。

お弁当を投げるとか……あなた達、何をやってくれてるんですか？

「………これはどういう事ですか？」

食べ物を大事にしないとかバチが当たりますよ？

私はキッとその場にいた貴族令嬢達を睨みつけた。

彼女達は自分達のした事に気付き、震え上がる。

だって目の前にいるのは、公爵家令嬢ソフィア・グレイドルなのだから。

自分で言うのもあれだけれど……いくら学園内とはいえ、公爵令嬢に対してお弁当をぶちまけるとか、ありえないよね。

「質問してるんですよ？　一人の女生徒をよってたかって虐めるとか、淑女のする事ですかね？」

私はさらに彼女達を睨む。

「「「ヒィッ」」」

いつもの私とあまりにも様子が違うので、怖かったのだろう。

貴族令嬢達の顔色が青ざめていく。

「ももっ、申しわけございませんっ。グレイドル様に当てるつもりは無かったのですっ」

女生徒達は必死に許してくれと涙ながらに懇願する。

「謝るのは私ではありませんよ！　私の後ろにいる女生徒にです」

「へっ、平民に？」

「……はぁ。　この学園では身分など関係ないって、学園長がおっしゃってましたよ？　ゴタゴタ言ってないで早く謝れ！」

あまりにも平民だの、あーだーこーだといって自分達がした事を反省しないので、つい怒りが魔力の覇気となって溢れ出る。

それを浴びた女生徒達は立っているのもやっとの様子。

「「「ヒィッ！　すすっ、すみませんでした」」」

女生徒達はフラつきながらも深々と頭を下げた。

「あなた達のした事についてはちゃんと、学校に報告させてもらいます。処罰は学校にお任せします」

「そっ、そんな、お許し下さい」

「それならば、初めからしなければ良かったんですよ！　虐めなんてっ」

「くっ……」

女生徒達は顔を顰め真っ青になりながら、その場を去っていった。

はぁ……前世でもあんなタイプの女性がいたなぁ……っと昔のことを思い出す。集団で、しかも自分より弱い者しかターゲットにしない人達。

そんな人達の事は本当に苦手だし嫌いだった。

「あっあのう……」

前世の事まで思い出し、一人でぷりぷりと怒っていると。

私の背後から、か細い声が聞こえてくる。

「あっ」

そうだった！　ぷりぷりしてる場合じゃなかった。

虐められてた子は大丈夫かな？

私は慌てて声のする方に振り向いた。

あわっ……！　可愛い……なんて可愛いのっ。

なんと、虐められていたのは、私が話しかけたいと思っていたクラスメート、シャルロッテ・ハーメイ様だったのだ。

「あっ、あのう……グレイドル様。ありがとうございます」

そう言ってシャルロッテ様は困ったように笑い、私に向かって深くお辞儀した。

ついついその可愛いさにポーッと見惚れてしまう。

「あの……？」

「へあっ？　あっ！　ゲフンッ。大した事はしてないから、気にしないで下さいね？」

私は慌てて淑女らしい仕草をし、返事をした。

危ない危ない、可愛くてウットリ見てるとか何をしているの私。

「あのっ！　すみません。私のせいで大切なローブや制服が……何年かかるか分かりませんが、絶対に弁償してお返しします」

「えっ？　そんな事してくれなくて大丈夫！　本当に気にしないで？」

「でも……それじゃあ私の気持ちが収まりません」

そんな事言われてもなぁ……弁償してもらうなら、お弁当をぶち撒けた人達にお願いしたいし。

この美少女に何をして……っ！

そうだっ。

「あのっ……じゃあ。一つお願いしても良い？」

「はいっ、なんですか？」

「私とお友達になってくれない？」

「わっ……私がですか……？　そんなっ……ふうっ」

私がそう伝えると、シャルロッテ様の大きな瞳からポロポロと涙がこぼれ落ちる。

「えっ⁉　泣く程に嫌だった⁉」

そこまで私って嫌われてるのか……くうっ。

何もしてないはずなんだけれどなぁ……悲しい。

「ちっ、ちがっ、誤解っ、うっ……嬉しくてっ、ふううっ、涙がっ」

私がシュンッと下を向き落ち込んでいると。

泣きながら必死に違うと、嬉しいという言葉が聞こえてきた……え？

聞き間違いじゃない……よね？

「えっ？　嬉しい？　私と友達になるのが？」

緊張しながら聞き返すと、シャルロッテ様は頬を染めながら頭を上下に大きく動かして頷いた。

「やった！　やりましたわ！　初めてのお友達ができましたわ」

私は嬉しくって、その場でぴょんぴょんと跳ねた。

そんな淑女らしからぬ姿を、にこにこと泣き笑いしながら、シャルロッテ様は幸せそうに見ていた。

◆

「あのっ……そのまま教室に帰られるのですか？」

シャルロッテ様が心配そうに私の制服を見ている。確かにこのまま教室に戻ると食べ物が匂うし、あまりにも汚れが酷い。

だけど私にはこの制服をすぐに綺麗にしてくれる味方がいるんだな。

「ああっ、これ？　大丈夫ですわ」

「えっ？　大丈夫？」

「ふふっ……もうそろそろかしら？」

私がそう呟くと、空から二つの光が勢いよく飛んで来た。

『ソフィア〜、お昼のオヤツ』

『今日は何かしら……ウフフ』

私と契約してくれている妖精達――シルフィとウンディーネが私目がけて飛んできた。

ふふふ、そろそろ来る頃だと思ってたのよね。おやつの時間だもの。

「今日のおやつはマフィンよ」

私は鞄からマフィンを取り出し二人に見せた。

『うわぁー！　なんか今日のは色が綺麗だなっ』

『本当ねっ、クリームの色が水色や桃色をしていて、今までのマフィンと違うわっ！』

「ふふっ。マフィンを飾り付けるお砂糖に色付けして飾り付けしたの。ちょっとカロリーは高くなるけどね。綺麗でしょう？」

『うんっ、美味そうだっ！　んっ、アレ？　ソフィア服が汚れてるぞ？　何したんだ？』

シルフィが汚れた制服の周りを不思議そうに飛び回る。

さすがに気付くよね。

「えへへ……ちょっと」

『相変わらずお転婆(てんば)なんだからっ。はぁ……仕方ないわね。シルフィいつものアレの出番ね』

ウンディーネが私の汚れた制服を見て、やれやれと両手をあげて呆れた表情をする。

『おおっ、分かったぜ！』

シルフィがそれに応えると、ウンディーネが呪文を詠唱(えいしょう)する。

すると、私の制服に渦を巻いた水が襲いかかってきた。渦巻いた水は汚れを巻き取りながら制服の上を這っていく。あっという間に私の制服は水浸しに。

『次はオイラの出番だね♪』

シルフィがそう言うと、風を使い一瞬で制服を乾かしてくれた。

その一連の動作を静かに見ていたシャルロッテ様だが、さすがに私のドレスがいきなり元通りになったのだ。驚きのあまりポカンと口を開けて固まっている。

「なっ、何がっ⁉　これは魔法ですか？　グレイドル様の周りに二つの大きな光が現れたと思ったら……」

さすがは同じAクラスに在籍しているシャルロッテ様、魔力数値が高いだけある。姿は見えなくても、光としてシルフィ達を認識出来るんだわ。

それはそうと、シルフィ達の事をどう説明したら……

「ええっと、コレは魔法というか……あの。ええと……あっ、そういえばお友達になったのに、自己紹介がまだでしたわね」

私は慌てて名前を名乗ると、淑女の挨拶をした。

「あっ、あわっ……私はシャルロッテ・ハーメイと言います」

シャルロッテ様は少し頬を染め緊張しながら挨拶を返してくれた。

「私達、クラスメートでしょう？　よろしければシャルロッテ様とお呼びしても良いかしら？」

「もっ、もちろんです！　シャルロッテとお呼び下さい！　様はいりません」

「まぁ！　では私の事もソフィアと呼んでね」

「そんなっ、私のような者が……グレイドル様を名前でお呼びするなんてっ」

「私がそう呼んで欲しいの！　お願い」

「……分かりました。ソフィア様」

「ふふっ、なんか嬉しいなっ。よろしくねシャルロッテ」

「——!!　は、はいっ」

お友達ができた事が嬉しくて微笑むと、シャルロッテは何故か下を向き頬を赤らめた。

「あの……それで制服は何故元の美しさに戻ったのですか？　どのような魔法を使われたのですか？」

やっと冷静を取り戻したシャルロッテが、私に質問する。

確かにそこが一番気になりますよね。

「えぇっと……？　何故？」

シルフィ達の事をどう説明し……あっ！　そうだったわ。忘れてたっ。

シルフィ達の事はお父様やアイザック様たち以外には秘密だった！

でも今更どう説明したら良いのか分からないし……シャルロッテは私にとって初めてのお友達だから……シルフィとウンディーネを紹介しても良いよね？

私はうんうんと一人勝手に納得した。

「……実はシャルロッテが見た光の正体は、妖精なの。私……そのう、実は妖精とお友達で……」

「ソッ……！　ソフィア様は妖精様とお友達なんですか⁉　妖精は心が美しい者の前にしか姿を現さないと聞きますわ！　ソフィア様は見た目だけじゃなく心も天使のように美しいのですね！」

私が妖精とお友達だと告げると、シャルロッテが興奮気味に早口で捲し立てる。

シャルロッテ？

天使とか何を言い出すんですか？

「ほほっ、褒めすぎだわ！　そのっ、たまたま仲良くなれて……」

少し照れ臭そうに私が微笑むと、つられてシャルロッテも一緒に笑う。

「「ふふっ」」

私とシャルロッテはお互いの目を見つめ合い笑った。

「……あれっ？　私……笑ってる。自然に笑えたのなんて何年ぶりでしょうか……まだ自然に笑う事が出来たのですね。笑うのって胸が温かくなって幸せだったと思い出しました」

シャルロッテが笑いながら、何やらブツブツと独り事を言っている。

「どうしたの？　何を言ってるのか聞き取れないけれど……」

頬を緩めて笑うシャルロッテが不思議で、キョトンとした目で見つめていたら。

「ふふふっ。私……今、最高に幸せなんです。ソフィア様とお友達になれて妖精様のお話も聞けて」

「ひょっ⁉」

友達になれて幸せと満面の笑みで言われ、嬉しくて私も同じように赤面しニマニマと笑う。

そんな私達の様子をシルフィとウンディーネも、ヤレヤレっといった表情で見ていた。

そんな時だった。

ぐぅぅぅぅ～っとお腹の音色が盛大に鳴り響く。

「あっ！」

シャルロッテが真っ赤な顔でお腹を押さえる。

「すっ、すみませんっ！　お昼ご飯を食べ損ねてっ、その……」

恥ずかしさの余りシャルロッテは慌てふためく。そんな姿も可愛い。

「ふふ、そんなに慌てなくても……そうだっ。このマフィン一緒に食べない？　これは私が作ったの」

「ソフィア様が……作った？」

私が作ったと言うと、ものすごく不思議そうにシャルロッテが見てくる。

公爵令嬢が料理するなんて世間一般的ではないか……でも私は違うんだよね。

「そうなの。今日のは自信作！」

私はシャルロッテの手にマフィンをのせた。

実はこのマフィン、アイザック様とジーニアス様にあげる予定だったけど良いよね。

「どうぞ食べて？」

「……はいっ」

シャルロッテは笑い泣きしながら、美味しそうにマフィンを頬張る。

「おっ……おいひいです。ううっ」

「なっ、なんで泣くの⁉」

「私……お友達の作ったお菓子を食べるの……初めてで……ふうっ。嬉しくて」

幸せそうにマフィンを食べるシャルロッテを見て、私はなんだか羨ましくなり……

「私もお友達の作ったお菓子を食べたいわっ！」

「わっ、私が作ったお菓子などソフィア様には……」

「いいのっ！　明日はお菓子を交換しましょう。ねっ？　約束よ」

「明日……ですか？」

私がそう言うと、シャルロッテは大きな瞳をさらに見開く。

「そうよっ」

「ふふっ」

シャルロッテはまた涙を零した。

でも、なんだかさっきよりも嬉しそうだ。

「また泣いて！」

「えへへ、嬉し涙です」

◇　シャルロッテ・ハーメイ

「なんと！　この魔力量……凄いですよ！　シャルロッテ様なら宮廷魔導士になれますよ」

私の魔力が桁違いに高いと分かったのは、十二歳の魔力測定の儀。

測定をした神官の人が両親に向かって瞳を輝かせ、そう語っていた。その時の私は、大人に褒められたのが嬉しくて、何かすごい事なのではと心が躍ったのだけれど。


――想像に反して、私の人生は百八十度変わってしまった。


私は田舎の小さな村に住んでいた。

田舎じゃ、ほんの少しの魔力でも魔力持ちってだけで目立つのだ。だから有名な魔法学園に入れる程の魔力が私にあると分かると、小さな村は大騒ぎとなり、私を崇め盛り立てた。

大人達は、こんな子どもに媚びを売る。

何故なら私が学園を卒業し、王宮勤めの宮廷魔導士様になるかもしれないからだ。

平民が宮廷魔導士と繋がりを持つなど、まずありえない。

だからなれるかもしれない私に、大人達は必死に媚びを売るのだ。

両親はそれを誇らしげにいつも嬉しそうに自慢する。周りが私を褒め称える度、両親の態度が尊大になっていった。

いつしか私は両親にとって娘ではなく、自慢するための道具となった。そう、両親まで変わってしまった。

何処かに行っては道具を自慢、そんな道具を羨ましく見る村人達。

あの日から、同世代の友達はいなくなった。皆が私を避けた。

理由は簡単。大人達が私に媚びを売ろうと、他の子供達と比べ持ち上げる。誰だって比較され下に見られたら良い気はしない。

そして一番の原因は、私の両親が友達を見下しバカにしたからだ。

「あんた達みたいな出来の悪い子と、ウチのシャルロッテは格が違うのよ、未来の宮廷魔導士様だからね。分かる？　もう近寄らないでね？」

その言葉を聞いた時は泣いて怒ったが、両親はそれを止める事は無かった。

「シャルロッテは私達とは格が違うからね～。一緒に遊んでもつまらないでしょ？」

「私達と遊んでいたら魔導士様の格が下がってしまうわ」

――誰も一緒に遊んでくれなくなった。

村では、年に一度お祭りが開催される。

そのお祭りでは、十二歳以上の子供達が手作りのお菓子を沢山作って交換するというしきたりがある。その交換した数の分だけ神様から幸せをいただけるといわれている。

私はやっと交換の出来る年齢になったので、このお祭りを楽しみにしていた。

もしかしたら村のお祭りでまた仲良くなってもらえるかも。

この時くらいはと、私は淡い期待を抱き、寝る間を惜しんで朝方まで必死にお菓子を作った。少しでも喜んでもらえるように可愛くラッピングもした。

……でも。

誰も私と交換してくれなかった。もちろん理由は……ふううっ。

作ったお菓子は一人泣きながら部屋で食べた。

こんな事になるなら魔力なんていらなかった。学園になんて入れなくても良い。

私は普通の幸せで良かったのに！

……でも今は、この小さな村では誰ひとり……両親でさえ私を普通に見てくれない。

そうだ！　なら私と同じ、普通じゃない人（魔力数値が高い人）とお友達になれば……魔法学園には私みたいな人ばかりだと聞いた。

魔法学園に行けば、私はまた普通の幸せを得る事が出来るかもしれない。

お友達とお菓子の交換をしたり、たわいもない会話をしたり。

私は魔法学園に期待した。

学園なら私にも対等な友達が出来るんじゃないかと。学園に入り友達を作る日を想像する事が、私の毎日の楽しみとなった。それだけが私の生きる希望だった。


——とうとう学園に入学する日がきた。


学園の入学式は私の想像のはるか先、想像の何倍も華やかだった。

生徒達は皆キラキラと眩しく、同じ制服を着ているのに、私とは別世界の人のように見えた。

それはもう……王子様やお姫様が絵本から出てきたのではないかと思う程に。

こんな人達を村では見たことがなかったので、緊張でずっと震えていた。

中でも同じテーブルに座る人達は、格別だった。

神々しくて眩しすぎて直視する事さえ出来なかった。

そんなにも眩しい人が、自分に向かって優しく微笑んでくれた時は、幸せで胸が苦しくて倒れるかと思った。

平民の私にまで、優しく微笑んでくれる貴族の人達がいるんだ……この学園に来てよかった。

入学式で良い思いをした私は、勘違いをしてしまった。学園は貴族も平民も平等だと。

でも現実は違った……Ａクラスの中で平民は私だけ、友達になろうと話しかけても、貴族達には冷たくあしらわれる。

同じ平民のお友達を作ろうと、平民が多い下のクラスを覗くも「私達とは魔力のレベルが違うでしょう？　同じクラスでお友達を見つけたらどうですか？」と少し嫌な顔をされ、誰も相手になどしてくれなかった。

そして気が付けば貴族令嬢に呼び出され「平民がAクラスなど分不相応だ」と罵られる毎日。

学園に入ったら友達がいっぱい出来るなんて夢見ていたが……そんな夢のような話は、あるはずも無かった。学園は村よりも差別が酷かった。

悲しい。苦しい。辛い。心が痛い。

あんなにも夢見ていた場所は地獄だった。

休み時間になる度、逃げるように何処かに隠れて過ごし、授業の時間になると教室に戻るのを繰り返す日々。

私は一体何をしているんだろう。何が楽しいんだろう。

周りを見ると、仲良く友達同士で集まっている。そこに私の居場所は無い。

私だって友達が欲しい。学園に入ると出来ると思っていた友達。

私はなんのために学園に通っているんだろう。

辛い……やめたい。

だけど、両親の期待を背負って入学した私に、そんな事は許されない。

毎日貴族達の顔色を窺い、誰にも見つからない場所でお昼ご飯をヒッソリ食べる日々。

今日はその場所が偶然見つかってしまい、数人の貴族令嬢に囲まれてアレコレと罵詈雑言で罵られている。

早く終わらないかと私は耳に魔法で蓋をする。これで何も聞こえない……。もうこんな日常にも慣れた。早く終われと心を無にする。

何も反応しない私に苛立ったのか、彼女達は私の大切なお弁当を投げつけてきた。


——なんて事をするの！


今日の大切なお昼ご飯が……。あなた達からしたら、たいした物じゃないかもしれないけれど、私にとっては死活問題なのよ。ああ……大切な一食が奪われてしまった。

私は諦め目を瞑り、お弁当がぶつかるのを静かに待った。

んんっ？

だが、待てどもお弁当が一向に当たらない。

不思議に思い目を開けると、目の前に私を庇う背中があった。

何!?　意味が分からない？

私を助けてくれる人がこの学園にいるの!?

目を見開き見ると。なんと目の前の人は……入学式で笑いかけてくれた天使。

ソフィア・グレイドル様だった。

ソフィア様は目の前にいる意地悪な貴族令嬢達を追い払ってくれ、私を心配し天使の笑顔を与えてくれた。

私は幸せで泣きそうになるも、ソフィア様の汚れた制服を見て現実に引き戻される。

優しいソフィア様の制服やローブは、お弁当の中身が付いて汚れていた。

「あのっ！　すみません。私のせいで大切なローブや制服が……何年かかるか分かりませんが、絶対に弁償してお返しします」

するとソフィア様は優しく微笑み、弁償はしないでいいから友達にならない？　と私におっしゃった。

聞き間違いじゃないのかな？

お友達が欲しすぎる余り、都合の良い幻聴が聞こえたんじゃ？

だってなんのご褒美だろうか？

こんな私と友達になりたいだなんて！

その言葉は……私が喉から手が出る程にずっと……ずっと欲しかった言葉だった。

嬉しくて涙が止まらない。

泣いてはいけないと、必死に泣き止もうとするも目から次々に涙がこぼれ落ちる。その嬉し涙のせいで、私が友達になる事を嫌がってるなどと、勘違いさせてしまう。

誤解でソフィア様を落ち込ませてしまったが、その姿を見て本当に私なんかと友達になりたいんだと分かり、嬉しくて余計に涙が止まらなくなった。

嬉しくて涙が出るなんていつぶりだろうか。

幸せに包まれ胸が温かくなり、私はまともに話す事が出来なかった。

ずっと暗闇を歩いてきた私を優しく照らしてくれたソフィア様。

私はあなたのためならなんでも出来る。

この優しい光を失いたくない。

諦めていた友達……諦めていた楽しい学園生活……それがソフィア様という光によって照らされ、明るく楽しい未来へと煌(きら)めきだした。

こんなに幸せで良いのかな？　と不安になるけれど、そんな時はソフィア様の笑顔を思い出し不安を拭い去る。

「ふふっ、明日は手作りのお菓子交換だって！　ソフィア様は何が好きかな？」

そんな事を考えるだけで、私は幸福感で満たされ胸がいっぱいになるのだった。

ソフィア様、大好きです。

◇

「あーーっそうだった！　忘れてたっ」

シャルロッテと二人で長椅子に座りマフィンを食べていたら、ものすごく大事な用事を思い出し、その場を立ち上がる。

「えっ！　あの……？」

そんな私の姿を見たシャルロッテが、目をまん丸に見開き驚いている。

急に立ち上がったらビックリするよね。

「ああっ！　ビックリさせてごめんねっ？　私……本当はカフェテリアに行く予定だったの。それが道に迷ってココに来て……えへへ」

私は言いわけがましく説明し、恥ずかしくて鼻の頭を人差し指でぽりぽりとかいた。

そんな情けない姿をシャルロッテは眩しそうに見ている。

「ふふっ、よろしければカフェテリアまで案内しましょうか？」

「ええっ、良いの⁉　ありがとうシャルロッテ」

私は嬉しさの余り、シャルロッテにぎゅっと抱きついた。

「ひゃわっ！」

私が抱きついたせいでシャルロッテの様子がおかしくなった事など全く気付くはずもなく。

さらにシャルロッテの手を握り「じゃあお願いしますね」とニカッと笑い案内してもらう事に。

シャルロッテはというと、嬉しさとわけの分からない緊張で顔を真っ赤にしていた。

「シャルロッテ？　どうしたの急に黙って……？　顔も赤いし……大丈夫？」

そんなシャルロッテが気になり話しかけると。

「あっあの……手がっ⁉　そのっ」

どうやら手を握っているのが原因みたい。

「ああっこれ？　ふふっ……こうして手を繋ぐと迷子にならないし、それにコレは仲良しの印なのよ」

……って言ってもアイザック様の受け売りですがね。

「あっ……そっ、そんな印が……あるのですね。私……無知で知りませんでした」

「はい！　うふふ」

「そうか……お友達の印かぁ……嬉しい。誰かと手を繋いで歩くなんて初めてですが、こんなに幸せな気持ちになるのね。ちょっと……かなりドキドキして緊張もしますが」

「え？　何か言った？」

「んんっ、いいえ、何も。さぁカフェテリアに行きましょう」

なんかシャルロッテに誤魔化されたような気もしたけれど、手を繋いで一緒にカフェテリアに行くのはとても幸せな気持ちになった。

◆

カフェテリアに着くと、二階から私を見つけたアイザック様とジーニアス様が、慌てて階段を下りてきた。

「フィア！　心配したんだよ？」

「ソフィア、何かあったのか？」

カフェテリアの一階の広間に、アイザック様とジーニアス様が下りてきたせいか……周りから注目を集める。ざわざわと私達を見ているのが分かる。

その様子に素早く気付いたのがアイザック様だった。私達に「ここは目立つので二階に行こう」と促しエスコートしてくれる。

「あのっ……それでは私はこれで」

「ええっ？　なんで？」

役目は終わったと、その場から去ろうとするシャルロッテを、慌てて引き止める。

「そうだよ、君がソフィアを連れて来てくれたんだよね？　お礼も言いたいし、ぜひ一緒に」

「えと……」

アイザック様は皇子スマイルで微笑み、一緒に行こうと後押ししてくれる。

さすがはアイザック様です！

そんなアイザック様に背中を押されてか、シャルロッテは頭を何度も上下させつつも、一緒に来てくれる事に。一緒にご飯が食べれるのは嬉しいな。

「……はい。……だけど本当に良いのかな？　二階は貴族しか行けないとかって誰かが言ってたような……でもソフィア様も手を離してくれないし……」

「え？　シャルロッテ？」

シャルロッテの言葉が聞き取れず聞き返す。

「んん。なんでもないです」

何か言いたそうな気がしたんだけれど、シャルロッテは何も言わなかったので私はそれ以上聞かなかった。


――だけど少し不安そうな表情は気になる。

二階は一階とは違い、家具や調度品(ちょうどひん)などが明らかに高級な雰囲気だ。テーブル席もゆったりとしていて、広い間隔で並べられている。

「さぁ、ここに座って」

アイザック様は奥の席に案内してくれた。

その場所は二階でも一番広く、見晴らしが良い特等席。そんな場所に案内されると、私でもちょっと緊張してドキドキしてしまう。

「はぁ……やっと落ち着いて話が出来るね」

「え？　はい」

アイザック様が大きなため息を吐きソファーで項垂れる。

「ただでさえ目立つソフィアの横に、頬を赤らめポウッとした少女がいたんじゃ、目立って仕方ない。はぁ……それにしても男達の視線！　ウットリとソフィアを見やがって……お前達の目を全て潰してやろうか？」

アイザック様が眉間（みけん）に皺を寄せ、何やらブツブツと言っているのだけれど、小声だし口元を手で押さえているせいで、何を言っているのか全く聞き取れない。

「あの……アイザック様？」

「ああ、なんでもないよ。気にしないでくれ」

私が話しかけると、んんっと喉の調子を整えニコリと笑う。

そしてシャルロッテの方を見つめた。

「ええっと、君は確かハーメイ嬢だね。ソフィアをここまで連れてきてくれたんだよね？　改めて礼を言う。ありがとう」

「僕からも礼を言う」

そう言ってアイザック様とジーニアス様がシャルロッテに向かって軽く会釈した。

二人が私の保護者みたいなんですが……。なんだかすみません。

「いっ、いえっ！　私の方こそソフィア様に助けていただいて……」

そう言ってシャルロッテは頬を桃色に染めた。ふふ、可愛いなぁ。

そんな姿を見たアイザック様は、何かを察したのか表情が一変する。

どうしたのかな？

見つめていると、アイザック様は顔に手を当てて大きなため息を吐いた。

「……そう。はぁ……無自覚タラシめ、どれだけタラシ込む気だ？」

何かをブツブツと独り言を言っていたみたいだけれど、私には聞こえなかった。

「二人とも、お腹が減っているだろ？　奢るから好きなものを選んで」

私達のやり取りを静かに見ていたジーニアス様が、メニュー表を私とシャルロッテに見せる。

メニューには美味しそうな料理が写真付きで載っていて、もう来るのは三回目だというのに何を食べるか悩んでしまう。

「はいっ！　マフィンしか食べてないのでお腹ペコペコですわ」

私はお腹が減ったと返事をすると。

「僕がご馳走するから、好きな物を食べてね？」

アイザック様までが、ご馳走するからなんでも食べてと私達に微笑む。

……だけれど、その表情は少し焦っているようにも思える。

どうしたのかな？　っと不思議そうにアイザック様を見ると。

「ソフィア……マフィンって……その、僕に作ってくれるって言っていたマフィンじゃ……？」

アイザック様がジト目で見ながらマフィンの事を聞いてきた。

「あっ……ごっ　、ごめんなさいっ！　アイザック様とジーニアス様の分をさっき食べちゃいました。明日必ず持ってきますから」

本当に申しわけありません。一緒に食べるつもりだったんですが……

「すみません！　まさかお二人に渡す予定のマフィンだとは知らず……ソフィア様はお昼に食べる物がない私のために、マフィンを分けて下さったのです！　すみません」

そう言って頭を下げるシャルロッテ。

そんな姿を見たら、なんの文句も言えないだろう。

アイザック様はにこりと微笑むしか出来ない様子だ。

「ハーメイ嬢、頭を上げてくれ。ソフィア？　明日を楽しみにしてるね」

アイザック様が私の頬に触れ、ものすごく近い距離で微笑む。この距離はさすがに緊張します。

「……は、はい」

そんな私たちの間にジーニアス様が割って入ると、「食べたいものは決まった？」と聞いてきた。

ジーニアス様、ナイスタイミングです。

変に緊張しちゃってて、変にドキドキしてたので助かりました。

「……ったくタイミングの悪い」

「んん？　アイザック何か言ったか？」

「別に」

二人が会話している間も、シャルロッテがメニュー表とお見合いしたまま動かない。

待てどもシャルロッテは緊張している様子で何も頼まないので、ジーニアス様が気を利かしてオススメを注文してくれた。

数分もすると、テーブルに美味しそうな料理が並べられていく。

それを見たシャルロッテは瞳を輝かせ興奮する。

「わぁっ……なんて綺麗なお料理！　どれも美味しそうですっ」

並べられた料理をウットリと見つめるシャルロッテ。

「ははっ、ハーメイ嬢、落ち着いて？　料理は逃げないよ」

その姿を見たジーニアス様が必死に笑いを堪えながら、話しかけた。

「はっ！　ししっ、失礼しましたっ」

その一連の動作を見た私は「ふふっ……シャルロッテ？　その気持ち分かりますわっ！　でも食べすぎは注意ですよ？」っと得意げに話す。

「ははっ、なんだそれっ！」

「なんで笑いますの？」

私はアイザック様に馬鹿にされたと思い口を膨らます。

「くくっ、フィアは本当可愛いな」

アイザック様が私の頭を優しく撫でる。

「むぅ……子供扱いして……」

「ふふふ」

そんな私達の様子を見て、やっとシャルロッテの緊張が緩み笑顔が戻った。


――そんな時、楽しい時間に水を差すような言葉が耳に入ってきた。


「はぁ……二階は貴族専用ですのに？　平民が交ざって楽しそうにしていますわね」

「本当ですわね？　二階は貴族しか上がれないのに下賤な平民が交ざってますわね」

私達にワザと聞こえるように嫌味を言う令嬢達の声が二階ホールに響く。

何？　なんなの？

声の主は大声で平民はこの場所には来るなと……まるでシャルロッテに対して聞こえるように言ってない？

横に座るシャルロッテを見たら、俯いて今にも泣きそうな顔をしている。

……さっきまで幸せそうに笑っていたのに。

私が無理矢理二階に連れて来たせいで、こんな顔させてしまうなんて、本当ゴメンね。

一体どんな奴が文句言ってるのよ？　許さないんだから。

私が座っている席からは、周りの様子が全く見えないので、立ち上がり文句を言ってやろうとしたら……

アイザック様とジーニアス様が先に立ち上がり、手で大人しく座っていろと合図される。

むう……私だって言いたい事いっぱいあるのに。

我慢したんだから、コテンパンに頼みますよ？

様子を黙って見ていたシャルロッテが心配そうに私を見つめるので、手をギュッと握りしめ大丈夫だよと笑った。

シャルロッテは何故か頬を桃色に染めて、何度も頭を上下に振った。何その可愛い動きは！

私達の座っている席からは、少し前に出ないと皆の様子がしっかり見られない。

アイザック様は席から離れ、騒いでいた令嬢を捜す。

そして、その姿を見つけると氷のような目で令嬢を見据えた。

「急に大声を出してどうしましたか？　ええと、君は……？」

アイザック様にいきなり声をかけられて、声が上擦る令嬢達。

そんな中一人の令嬢が前に出てきて、カーテシーをし挨拶をした。

「……わっ、私はヘンディス侯爵家が次女、ロシアン・ヘンディスと申します。ロシアンとお呼び下さいませ」

頬を赤らめながら、アイザック様を舐めるように見るヘンディス様。

それをまるでゴミを見るかのような、冷たい表情のままアイザック様は見据える。

「ああ……ヘンディス嬢？　君はこの学園の生徒手帳に書いてある、学園についての項目を読んだ？」

「……えっ？」

いきなり生徒手帳の話をされ、ポカンとするヘンディス様達。

「読んでいたら、そんな事は言わないはずだよね？　このカフェテリアの二階は、貴族専用じゃないよ？　そもそも学園に貴族専用の施設なんて、存在しないけどね？」

「ええっ？」

貴族専用施設などないと言われ、意味が分からないのか、キョトンとしたままヘンディス様は何も言い返せない。

そうよね。学園なのに貴族だけが使用出来る施設があるなんておかしいもの。

「この二階はね？　お茶を飲みながら学友達と討論したり、合同研究について話しあったり出来るように、長時間座っていても疲れないゆったりとしたソファーなど、皆が寛げるような作りになっているんだけど？　生徒手帳の何処にこの場所が貴族専用だと？　ねぇ、何処に書いてるのかな、教えてくれないか？」

アイザック様は冷ややかな目でヘンディス様を睨みつける。

「あっ……」

そう言われ真っ青になるヘンディス様。

まさかそんな風に言われるなどと思っていなかったのだろう。自分では対処出来ず返答に困り、横にいる令嬢に頼る事にしたようだ。

「あっ……だっ、だって！　アイリーン様もそう言ってらしたわよね？　二階は貴族専用だと」

ヘンディス様の横にいたのは、なんとアイリーン様のようだ。

私がいる席からはヘンディス様の姿しか見えないので分からなかった。

つまり、アイザック様はアイリーン様とも対峙(たいじ)しているのだ！

気になった私は様子を見るために、ソファーから立ち上がって見える場所にそっと移動する。

すると三人の令嬢の姿が見える。

その中の一人にアイリーン様の姿が……

「えっ？　あっ……！　私はちょっと用事を思い出しましたので、失礼しますわ」

「「へっ？」」

なんと、アイリーン様はそう言って踵(きびす)を返すと、そそくさとその場を走り去った。

「……なんで私にふるのよっ！　平民ヒロインがアイザック様と一緒にいるのを見かけたから、気に食わなくて、嗾けただけなのにっ！　バカなの？　私に飛び火しないでよねっ。アイザック様に私が嫌われたらどーするのよっ！」

何やらブツブツと独り言を言いながら。

何を言っているんだろう？　この場所からじゃ全く聞こえない。

突然置いてきぼりを食らったヘンディス様達は、自分達に何が起こったのか理解出来ずに、ポカンとしている。

「あっ……ちょっちょっと待ってください！」

「アイリーン様⁉」

正気に戻るとアイリーンの後を追い、ヘンディス様達はバタバタとその場から逃げるように走って行った。その姿は侯爵家令嬢としてはあるまじき姿であった。

……一体なんだったの？

このカフェテリアでの一件はギャラリーが多かったのもあり、瞬く間に生徒達の間に広まった。

アイリーン様の評判は、この日を境にドンドンと落ちていくのだった。

◇

「聞きました？　カフェテリアでの一件」

「なんでもアイザック殿下に楯突いたらしいですわよ」

「二階は貴族専用だと、平民をバカにしたらしいですわ」

今学園は例の一件の話題で持ちきりだった。

皆噂話は大好きなのだ。

それが高位貴族令嬢が関わるものとなると、余計な尾鰭も付いて広がっていく。

「それにここだけの話ですけど……入学式の日にはソフィア様を突き飛ばし、怪我をさせたらしいですわ」

「ええっ!?　本当に？」

「ええ……現場を見た人がいたらしいわ」

「はぁ、なんて恐ろしい」

「ヒロウナ様に関わってはダメですね」

カフェテリアの話に加えて、ソフィアを突き飛ばし怪我をさせたという噂話も広まっていた。

このせいでアイリーンの周りからは人が離れ、孤立していく。彼女の周りには、媚びてくるだけの令嬢しか残らなかった。

「なんで私がこんな事になるのよっ」

おかしいわっ、ヒロインなのに全く好感度が上がらない。

学年の違うアレス様やファーブル様に至ってはまだ会った事もないっ！

これも出会いイベントをしくじったせいよね。

なんでソフィアが細くて良い子になってるのよっ！　そもそもこのゲームの醍醐味は、ソフィアの屑っぷりを最後に断罪してスカッと終わる事なのに！


――肝心のソフィアが屑じゃないなんて、なんの無理ゲーよ？


クソじゃないソフィアをどう料理したらいい？

はぁっ……最悪、ハーレムは無理でもせめて、アイザック様と隠れキャラのラピスを執事につけて……二人に溺愛されて……ああっ、最高！

この夢を実現させるためには、何か策を考えないとだめね。

アイリーンが席に座って考え事をしていると。

「アイリーン様は、今巷で人気の占いの館に行きました？」

取り巻きの子爵令嬢がアイリーンに何やら面白そうな話を持ち込む。

「なんですの？　占いの館って？」

「聞いた話では、とにかく当たる占い師がいて、好きな人と上手くいくお守りなんかが貰えるみたいですよ！　それで両思いになった方もいるんですって」

「へぇ……」

それどころじゃないアイリーンは適当に相槌(あいづち)を打つが、ふと何かが頭をよぎった。

ちょっと待って？　占いの館(やかた)……？

どっかで聞いた事あるな……何処で？

――ああっ、思い出した。

占い師って、平民ヒロインルートの隠れキャラだっ！

確か平民ヒロインルートのチートアイテム、魅了のペンダントをくれるのよね。

それを付けたら攻略対象全て簡単に籠絡(ろうらく)できちゃう無敵アイテム！

……そうだわ。

その無敵アイテムを私が先に奪ってやれば良いんだわ。

魅了チートとか最高じゃない！

やったわ。これで諦めていた逆ハーを狙えちゃうかも!?　ふふふっ。

「ねえっ！　ちょっと、その占いの館(やかた)は何処にあるの？」

「それが神出鬼没(しんしゅつきぼつ)でして……」

「えっ!?　ちょっ、どーいう事よっ！」

そんなの困るわっ！

あ～あっ、こんな事なら平民ヒロインでも、ちゃんとクリアしとくんだった。

アイリーンの鬼気迫る気迫に押されながらも、子爵令嬢は必死に答える。

「あっ、あの……聞いた話だと、教会裏、商店街裏、時計台下の三箇所のどこかに毎日十五時に現れるらしいです」

三箇所？　……あっ！

はいっ、きたー！

思い出した。時計台下だわっ。聞いた事があるっ！

確かそこで平民ヒロインのシャルロッテは魅了のペンダントを貰うのよ！

明日から忙しくなるわね。時計台下に毎日通わなくちゃ……ぐふっ、ぐふふっ。

不敵な笑みを浮かべ、アイリーンはまだ見ぬ未来を想像するのだった。

◇

「今日は、オカラクッキーを作ってきました」

「わぁ！　オ・カ・ラという食材、大人気ですよね。買おうと思ってもいつも完売で……初めて食べます」

これがオカラか、とシャルロッテはウットリとオカラクッキーを見つめている。

料理長と一緒に考案したオカラや豆腐を使った料理は、今や王都で大人気となっている。肌や健康にも良く、究極のダイエット料理だと、綺麗を目指す貴婦人達に大ヒットした。

もちろんこの人気を後押したのは、痩せたお母様の美しさなんだけれどね。

王都に出店したオカラや豆腐を購入できるお店も、どんどん支店を増やすも昼過ぎには完売するという人気っぷり。

まさか自分でもこんなにヒットするなんて思わなかった。

こんなに売れたのには、お母様の存在以外にも理由がある。

私のアイデアで、豆腐やオカラを購入した人には、ランダムでレシピを渡す事にしたのだ。

これが当たった。貴婦人達の全てのレシピを集めたいという欲望をくすぐったらしい。

これによりグレイドル豆腐店は一躍人気店となった。

せっかく考案したレシピを無料で配布するなど、料理人の世界では考えられない事だと料理長達からは驚かれたけれど。

私からすれば、前世では当たり前の事を言っただけなんだけどね。

どうやら私は商売人として、使えきれない程のお金を手に入れたみたいなのだけれど。まだよくその事を分かってない。

だって稼いだお金を使う事がそんなに無いから。

貯まったお金はグレイドル領の人達のために使えればなぁと今はザックリと考えている。

「豆腐やオカラはグレイドル領で作ってるので、今度持ってきて寮の調理場にある保管庫にいれておくね。シャルロッテの好きに使って良いから」

「いっ……良いのですか⁉」

シャルロッテは思わずといった様子でベンチから立ち上がる。

シャルロッテを含む平民学生は全員が寮生。寮で出されるご飯を食べる者もいれば、調理場を使い自炊(じすい)する者もいる。シャルロッテは後者である。

「ふふっ、モチロンよっ。だってシャルロッテが作るアレンジお菓子がどれも美味しくって……私はもう虜(とりこ)なの」

私はそう言って満面の笑みで笑いかけた。

「はうっ！」

すると頬を桃色に染めて、両手で顔を覆うシャルロッテ。その仕草は子犬のように愛らしい。

「あっ、ありがとうございます」

私とシャルロッテは、小さな花壇(かだん)の前にベンチが一脚あるだけの誰も来ない秘密の場所で、二人仲良く座りお菓子を食べている。

ここはシャルロッテが教えてくれた二人だけの特別な場所。

「ふふっ……この場所、本当に素敵ね。花壇(かだん)に植えられた見た事もないお花も綺麗だし、空気も澄んでるような気がする。シャルロッテは良く見つけたわね」

「本当に偶然なんですが、あまりにも美しい蝶が飛んでいて、その後を追っていたらこの場所を見つけたのです」

「わぁ……素敵ね」

「……いつも一人で、ひっそり隠れるようにお昼を食べていたんですが、今はソフィア様とこの場所で食べる事が出来て私は幸せです」

「シャルロッテ……」

あまりにも可愛い事を言うから、思わずシャルロッテを抱きしめる。

「ひゃわっ！」

「えへへ……」

後に知った事なんだけれど、その蝶とはファーブル様にくっついて学園に遊びにきていた、妖精ドライアドが蝶になった姿の事だった。

——そもそもこの特別な場所は、アイザックとシャルロッテが愛を育む秘密の場所として、二人が良く来ていた所なのだが現在は、ソフィアと仲良くお弁当やお菓子を食べる場所となっている。

そう、ソフィアは無自覚にことごとく二人のイベントを潰している。

その所為で、シャルロッテはソフィアに対しての好感度がどんどん上がる一方なのである。
そんな事など全く知らないソフィアは、今日もシャルロッテの手作りおやつを美味しそうに頬張り、好感度を上げていた。

◇

やったわっ！　とうとう占い師を見つけて魅了のペンダントを手に入れたわっ！
早くこのペンダントをアイザック様に試したいのにっ。
捜しても何処にもいないなんてっ。
あっ……もしかしてっ！　あの場所にいるんじゃ？
平民ヒロインとアイザック様が愛を育む場所！
いつの間に親密度上げてたわけ⁉
はぁ、なんなのそれっ！

——邪魔してやるわっ！

アイリーンはスタスタと早足で目的地に向かっていく。

ほらっ、やっぱり。楽しそうな笑い声がする！

秘密の場所で密会してる！

そうはいかないんだから！

「捜しましたのよっ」

アイリーンは颯爽（さっそう）と登場すると、熱の籠もった声で話しかけた。

「はえ？」

だが目の前にいたのは、仲睦まじくベンチに座るソフィアとシャルロッテの姿だった。

「あっ、ヒロウナ様っ！」

シャルロッテは慌ててベンチから立ち上がる。

なっなんでアイザック様じゃないのよっ！

はぁ……なんなのよ。意味分かんないっ、なんのためにこの場所に来たと……はぁっ。

まぁ、良いわ。

「ねえ、シャルロッテ？　このペンダントを見て？」

そう言われ、シャルロッテはアイリーンの首から下げられたペンダント見た。

「とても美しいですね」

「はぁ？　それだけ？　他にないわけ？」

「ええと……綺麗です」

なるほどね、シャルロッテはこのペンダントの事を知らないのね！

よっしゃー！　私の独り勝ちねっ。

「ふふっ、気分が良いわっ、じゃあね」

アイリーンは嵐のように去っていった。

「………なんだったの？　ネックレスの自慢？」

意味が分からないと小首を傾げるソフィアだった。

◇

私は今、生徒会室横にある小さな調理場にて、デトックスティーをせっせと作っている。

なんで私が……お昼休みは、シャルロッテと約束していたのに……

早朝から担任の先生に呼び出され何事かと思ったら「生徒会のお手伝いをしてくれないか？」と言われた。

もちろん断りたかったが……先生の鬼気迫る気迫に負け了承してしまった。

そう……お手伝いという名の雑用係。

出来上がった書類を各部署に運んだり、生徒会メンバーにお茶菓子を出したりする役割。私でなくても誰でも出来る雑用なんだけど……私でないとダメな理由がここに来て分かった。

現生徒会長でアイザック様のお兄様である、第二皇子のジャスパー様がその理由を教えてくれた。

この生徒会メンバーは実力主義で魔力、知力、共に優れた人物しか入れないエリートの登竜門。

稀に平民や女子も選ばれる事があるとはいえ、選ばれるのは殆どが高位貴族や王族の男子。

だから、今私がしている雑用は貴族令嬢達にとっては、喉から手が出る程にやりたい仕事なのだとか。

だが、そんな令嬢達は色目を使いまともに仕事をしないし、選ばれなかった令嬢から疎まれ虐めが多発するのだとか……。

その点私は（仮）とはいえアイザック様という婚約者がいるから、他の男性に色目も使わないし、公爵令嬢だから余程の事がない限りほかの令嬢達は手出し出来ないだろうとの事。

うん……その話を聞いたら私程の適役いないわ。

この生徒会メンバーは、新入生以外の各学年から四名選ばれる。

アイザック様やジーニアス様はお兄様が生徒会メンバーだし、二人共来年からは正式に生徒会に入る事が決まっているので、兄達に上手いこと利用されているようだ。

「お疲れ様です。デトックスティーとカップケーキです」

私が出したのは、学園にある市販されたデトックスティーではない。ウンディーネ特製の水やハーブで作られた、スペシャルデトックスティーだ。

それを一口飲んだ生徒会長のジャスパー様は目を見開き驚いた。

「なっ……これは⁉　いつも飲んでるティーの何倍も美味い！　それになんだか疲れが癒されていく……なんだこれは……？」

ジャスパー様の様子を見て、副会長でありジーニアス様のお兄様であるジェイド様も、慌ててデトックスティーを口に入れる。

「本当だっ……ああ。身体が満たされていく。疲れが吹っ飛ぶ……」

「本当に！　こんなに美味しいティーを飲めるなんてありがとう。ソフィア嬢」

「いえ……そんな、お褒めいただきありがとうございます」

私が返事をすると、考え事をしているジャスパー様。きっと生徒会長として色々と考えなきゃいけない事が、山盛りなんだわ。

「アイザックに『生徒会にこき使われて、ソフィアと全く会えない！』と泣きつかれ、このままだと仕事に支障をきたすと思い、先生にお願いしてソフィア嬢を生徒会のお手伝いにしてもらったんだが、これは嬉しい誤算だ。毎日こんなにも美味しいティーが飲めるなんて。もっと早くにお願いしたら良かった」

何やらブツブツと独り言を言ったと思ったら、ジャスパー様は大きく深呼吸すると再び私にお礼を言った。

「感謝するよ。このティーが毎日飲めるなら生徒会の仕事もがんばれるよ」

ジャスパー様とジェイド様に満面の笑みで褒められた私は、嬉しくてニヤけてしまう。

「デトックスティーは私特製なんです。気に入ってもらえて良かったです。もしリクエストなどあれば言って下さいね。リラックスや疲労回復、色々な効果のものに対応出来ますわ」

褒められた嬉しさでつい調子に乗って、ドヤ顔で自慢してしまった。

「おおっ！　それは助かる。明日のティーは、私がリクエストしても良いかな？」

ジャスパー様がジェイド様に尋ねる。

「仕方ないなぁ……良いよ」

「よしっ！　明日はリラックスをお願いするよ」

「任せて下さい」

私は褒められた事が嬉しくって、今日一番の笑顔を返した。

「あぐっ……」

「うっ……」

ジャスパー様とジェイド様は何故か慌てて顔を両手で覆い俯く。

どうしたのかな？

すると扉が開き、アレス様とファーブル様が中に入ってきた。アレス様はジャスパー様とジェイド様の姿を見て首を傾げている。

そうだよね。私も理由が分からない。

ソファーに座り、顔を手で覆っている二人の姿はかなり滑稽に見える。

それにしても二人に会うのは凄く久しぶりだ。同じ学園に通っているとはいえ、学年が違うとすれ違う事もめったにないから、生徒会室で会えるのはなんだか嬉しい。

「二人して何やってんすか？」

アレス様の言葉に正気に戻ったのか、ジャスパー様とジェイド様は冷静に返事をするのだった。

「ゴホンッ！　なんでもないよ、それより頼んでいた仕事は終わったのか？」

ジャスパー様に問われ、ファーブル様が答える。

「ええ、全て完了しました」

「さすがだな。仕事が早いな」

ジェイド様が仕事の早さを褒めるも、アレス様が浮かない顔で話し出す。

「仕事はもっと早く終わってたんだよ！　だが……変な令嬢に付き纏われてな？　そいつが中々しつこくて困ったよ」

「ええ……本当に。二度と会いたくないですね」

ファーブル様も余程嫌だったのか、思い出すのも嫌そうだ。二人にそんな強引に絡んでいくなんて、中々凄そうな令嬢だなぁ。

アレス様は私の方に歩いてくると、無造作に私の頭をくしゃりと撫でた。

「ソフィア～、癒しの笑顔くれよ」

そして突拍子もない事を言い出した。

「えっ？　やっ……そっそんな急に言われましても……急に……笑えないですよ……」

私は癒しの笑顔などと言われ、嬉しいやら恥ずかしいやらで、両手をモジモジと小さく動かし、知らず知らずのうちに頬を桃色に染めて返事をする。

一連の動作を見ていたアレス様とファーブル様は、顔が緩み締まりの無い顔になっていたのだけれど、私はそれどころじゃなくて全く気付いていなかった。

それをコッソリ見ていた生徒会長ジャスパー様が、そんな二人の姿を見て一人ほくそ笑んでいた事も。

そして私は、アレス様とファーブル様のために癒しのデトックスティーを作るのだった。

それを飲んだ二人の顔がまた緩んだのは言うまでもない。

◆

今日もまた、私は生徒会のお手伝いをしている。

それもアイザック様と一緒に！

私とアイザック様は、図書室の最奥にある資料室で調べ物をしていた。

本来はアイザック様が会長ジャスパーから頼まれていた仕事なのだが、その場にいた私も一緒に手伝う事になったのだ。

仕事とはいえ、久しぶりにアイザック様と二人きり、なんだか緊張してしまう。

チラリとアイザック様を見たら、ニコニコと終始笑顔で資料を探している。

お仕事が楽しいんですね、尊敬します。私も緊張している場合じゃないです。

「言われてた資料、なかなか見つかりませんね」

「少し休憩しようか？　最近のソフィアは頑張りすぎだ」

アイザック様はソファーに座ると、自分の横をポンポンッと軽く叩いた。

「どうぞお姫様」

私はそんなアイザック様の仕草を見てクスリと笑いつつ、隣に座った。

ソファーに座り落ち着くと、私は先程のアイザック様の言葉に答える。

「頑張りすぎているつもりはないんですが、皆様のお役に立てる事が嬉しくて……」

「そうか……楽しいなら良かった」

アイザック様は優しく笑い私の頭を撫でた。

「兄上は完璧主義だからね。何かにつけ細かい。その兄上がソフィアの事を高く評価していた、それは凄い事だよ」

「えっ、えへへ……そうですか。嬉しいです」

私は褒められた事が嬉しいのと照れくさいのとで、ふにゃりとなんとも言えない顔で笑う。

「ぐっ……はぁ……ソフィアが可愛いすぎる。久しぶりの蕩ける笑顔は効果がヤバイ」

「あの？　なんて？」

アイザック様がなんて言ったのか口元を手で押さえているせいで聞き取れない。

手の隙間から少し見える耳が赤い？　どうしたのかな？

「なんでもないよ。ソフィアは可愛いね」

「はわっ……」

急に褒められ、照れて思わず下を向く。

そんな、なんとも甘い時間に耐えられないと思っていた時。

「なんだか奥が騒しいですね……」

「ああ……何かな？　図書室で騒ぐなんて……なんだろう、厄介な事が起こりそうな気がする」

「何事もなければ良いのですが……」

「少し見てくるからソフィアはここで待っていて」

私達がいる場所は、図書室でも人が訪れない最奥にある別室【資料室】。学園の歴史や大切な資料が多数置いてあるので、この部屋には生徒会メンバーしか入れない。

——はずが、アイザック様が扉を開ける前に不意に開いた。

「まぁ！　ここにいらっしゃったんですか。捜しましたのよ」

扉を開けズカズカと中に入ってきたのはアイリーン様だった。その周りには数名の取り巻きのような子息、令嬢が後ろに並んでいる。

その姿はハッキリ言ってなんだか異様だ。

「ええと……君はヒロウナ嬢だよね？　この資料室には生徒会メンバーしか入って来られないはずだけど？」

アイザック様は、先程とはうって変わり冷たい目でアイリーン様を見つめる。

さすがにこの行動はアイザック様でなくても怒るだろう。

アイリーン様は何がしたいの？

「まぁ！　それでしたらグレイドル様もそうでは？」

「ソフィアは生徒会のお手伝いに任命されているから入れるよ。知らなかったの？」

「なっ……お手伝い⁉」

私がお手伝いに任命されたとアイザック様から聞いたアイリーン様は、眉間に皺を寄せ親指の爪を噛みブツブツと何やら言っている。

その様子から、私に対してよくない事を言っているのはなんとなく分かる。

本当に、どうしてアイリーン様は私の事をこんなにも目の敵にしているのだろう。

「……なんで屑のソフィアが令嬢達の憧れのお手伝いに任命されてるわけ？　それって好感度を高めたアイザック様から、私が直接頼まれる役目なのに！　なんでよ。こんなに早くお手伝いが決まるとか……おかしい」

そんなアイリーン様に向かって、アイザック様は邪魔だと言わんばかりに睨む。

「僕達は大事な仕事をしてるんだ、出ていってくれないか？」

出ていけと言われ、少しアイリーン様は怯んだけれど、何かをポケットから取り出した。

「あっ、なっ……アイザック様！　このペンダント見て下さい」

アイリーン様は以前シャルロッテに見せていたペンダントをアイザック様に見せる。

このタイミングでペンダント？

アイリーン様の考えている事が全く分からない。

いくらそのペンダントがお気に入りだとしても、このタイミングで出す？

「どうですか？　何か気持ちに変化はありませんか？　私もご一緒しても良いですよね？」

アイリーン様はペンダントを見せながら、強い思念でも送るようにアイザック様に話しかけた。

「はぁ？　君は人の話を聞いてないのかな？　ハッキリ言わないと分からないみたいだね？　この部屋から出ていけ。邪魔だ」

「えっ……なっ、なんで？　そんなっ……私の事、愛おしくないですか？　ねぇっ」

「……はぁ。なんでそうなるんだよ。君に対してなんの感情もないよ。もういいかな？」

アイザック様は能面（のうめん）のような無機質（むきしつ）な表情で、アイリーン様をジロリと見る。

「えっ……ちょっ待っ……!?　なんで魅了が効かないのよ!?　他の奴らには効果覿面（こうかてきめん）だったのに」

アイリーン様の言葉を最後まで聞かずに、アイザック様は無理やり書庫から追い出し鍵をかけた。

何やら叫んでいたようだけど、アイリーン様の言葉はこちらまで届かない。

「ふふっ、始めからこうしてたら良かった」アイザック様が私を見て優しく微笑んだ。

二人の会話を黙って聞いていた私は、少し疑問に思う。

アイリーン様ってあんな感じだったかな？

巻き戻る前にアイザック様とアイリーン様がどうやって愛を育んだのかは知らないけど……

巻き戻り前のソフィアが、羨んで妬ましく思っていた時のアイリーン様と、今のアイリーン様はなんだか雰囲気が違う気がする。

そもそも、あれじゃあさすがに好きにならないんじゃ……

恋愛スキル底辺の私が偉そうに言う事でもないけれど。

アイリーン様の何処をアイザック様は好きになったのだろう？

……理解出来ない。

◆

夕食を食べていたら、お母様がお茶会に行かないかとニコニコと微笑みながら言ってきた。

「えっ……お茶会でふかっ」

ビックリして噛んでしまった。

「ふふっ、そうなの。本当なら十歳くらいからお茶会にお呼ばれする事があるんだけど、ソフィアちゃんはまだお茶会に行った事がないでしょう？」

そうなのだ。私はのらりくらりとかわし、面倒そうなイベントからは上手いこと逃げていた。

例外は、アイザック様と王妃様とのお食事会と、王家主催のガーデンパーティーだけ。

貴族達と関わる事により、変なフラグが発生したらと考えると、怖かったから。

「フィアたんが嫌なら、別に無理に行く必要はないんだよ？」

するとお父様が行かなくて良いよと口を挟んできた。

私はよっしゃーっと小さくガッツポーズをし、こっそりとお父様を応援する。

だって知らない貴族が、たくさん集まって丁寧な自己紹介をして……

前回のソフィアの記憶でなんとなくは分かるんだけど、出来る事なら行きたくない。前回のソフィアはそのお茶会で好き放題していたみたいだけれど、私はそんな事絶対に出来ない。

「もうっ！　アレクがそんなだからソフィアちゃんは十三歳にもなるのに一度もお茶会に行った事がないんですよ？」

あぁっ……今日のお母様はいつもより強気だわ。

お父様頑張って！

「だって……お茶会って言ったって、沢山の子息令嬢が集まるわけだし……心配で」

「今度のお茶会は、私のお友達リンドール侯爵家婦人レジーナ様が主催してますの。私も一緒に行きますし、リンドール侯爵家には三人の可愛い娘がいるのよ？　確か三女のダイアナ嬢はソフィアちゃんと同い年だから仲良くなれるかもしれませんわ」

「うっ、ううむ……なら仕方ない。行って嫌だったらすぐに帰っておいで」

「……はい」

くそう……お父様が負けたか。

でも同い年のお友達が増えるかもしれないなら、お茶会に参加する価値はある気もする。

あっ！　それに同い年なら学園に通ってるよね？

もしかして同じクラスかも？

わぁ、仲良くなれたら学園生活がどんどん楽しくなるわ！

お友達はいっぱい欲しいもの。

私は楽しい事を想像し、軽快な足取りで部屋へと戻った。

◆

部屋に戻ると、可愛いフェンリルの神獣リルが尻尾を振って待っていた。

私はソファーに座ると、膝の上にリルを乗せギュッと抱きしめる。そしてふわふわのリルの被毛を堪能するかのように撫でまくるのだった。

当のリルは膝の上で幸せそうに、思う存分私の魔力を美味しそうに食べている。

「ふふっ、可愛いなぁ……」

リルをウットリと見ていたら、ドアがノックされラピスが入ってきた。

「失礼します。ソフィア様、こちらは食後のデトックスティーです」

「わぁ、ありがとう」

ラピスは執事として完璧な青年に成長した。

魔力が高いからとお父様は学園に通う事を勧めてくれたのに……

「僕はソフィア様にとって最高の執事でありたい。ですので執事としての勉強をさせて下さい」と断固としてその信念を譲らなかった。

その気持ちは本当にとても嬉しいのだけど、せっかくの魔法の才能を潰してしまうんじゃ……と私はそれが悲しくて、ある時ラピスの前で泣いてしまった。

するとラピスは「ソフィア様を悲しませる事はしたくありません。分かりました、週一で良いので魔法の先生を僕に付けていただけませんか?」っと、魔法もグレイドル邸で勉強する事を決めてくれた。

するとラピスは、たった一年で先生から「何も教える事はありません」と免許皆伝を言い渡されたのだ。これにはさすがにお父様もびっくりして、目を丸くして驚いていた。

そんな完璧で非の打ち所がない素敵なラピスなんだけど……

――ちょっと悩みの種がある。

「ソフィア様、髪のお手入れをしましょうか？　うーん、今日は少しパサついてるので美容液を少し変えましょうか……」


そう言うと、ラピスは優しく私の髪に触れる。

私は美しく成長したラピスに髪を触れられるのが、ドキドキして困るのだ。

昔は髪の手入れはメイドのリリがしてくれていたんだけど……ある日ラピスが自分がしたいと言い出し、いつの間にか誰よりも手入れが上手くなっていて、ラピスの仕事になっていた。

小さな時からしてもらっている事だし、ラピスは何より私の髪をセットする事が大好きなので、恥ずかしいから嫌だと言い辛い。

今日もラピスは私の髪を愛しそうに触れる。

それがなんともドキドキする。

ラピスはただ髪を触るのが好きってだけなんだろうけど。

私は髪に触れる時に、距離が近くなるラピスに緊張してしまうのだ。

だって私より小さかった身長は今は見下ろされる程に大きいし、ガリガリだった身体も私を守るために鍛え上げ、均整（きんせい）のとれた筋肉の身体になっている。

そんなラピスが至近距離で髪に触れるのは緊張してしまうのだ。

その日の髪の調子で、使う美容液を変える程に細かいラピスは、前世でいう美容男子ってやつかなぁ？

第二章　お茶会

今日の私は、髪を綺麗に編み込まれ何やらキラキラした髪飾りを着けて、いつもより着飾っている。

そう、この日が来たのだ、今日はリンドール侯爵家で開催されるお茶会の日。

お母様の横に座り馬車に揺られ、会場へと向かっている最中。

正直ワクワクと緊張が半々で、色々不安を拭えない。なのでさっきから落ち着かないのだ。

「ソフィアちゃん、そんな顔をしなくても大丈夫よ」

お母様が私の顔を心配そうに覗き込む。私、そんなに顔に出てたのかな？

「ちょっと緊張してまして」

「大丈夫よ、楽しくお話しして終わりよ。きっと終わる頃には楽しかったって思えるはずよ」

お母様はそんな私を必死に励ましてくれた。

よしっ、お母様をこれ以上心配させるわけにはいかない。

頑張るのよソフィア！

◆

会場に着くと多くの貴族達が集まり楽しく歓談していた。

今日のお茶会はガーデンパーティーらしく、外にテーブルや椅子が並べられている。

リンドール侯爵家は庭園が有名で、美しいお花を見るために、今日も外で開催されているのだと、お母様が教えてくれた。

素敵な庭園だなぁ……外だから少し緊張が和らいだ。

色とりどりのお花が咲き誇る綺麗な庭園にウットリしていると。

「いらっしゃい、エミリア！」

主催者である、リンドール侯爵夫人と、その娘達が私達の元へと挨拶に来た。

お母様は美しいカーテシーを見せ、会場の注目を集める。

「初めまして、私はリンドール侯爵家長女のカレンです」

「私はリンドール侯爵家次女のビアンカです」

二人の令嬢も綺麗なカーテシーをし挨拶をする。

これは私もカーテシーを披露して挨拶をする流れよね？

「グレイドル公爵家のソフィアです」

私も緊張を隠しつつ挨拶のカーテシーを披露する。

ふうっ……緊張した。

そんな私を見たお母様が「主催者の方には礼儀としてカーテシーで挨拶をした方が良いけど、後はそこまでかしこまった挨拶はしなくて良いからね」と私に耳打ちしてくれた。

さすがお母様、私の事をよく分かってくれている。

良かった……この挨拶が一番苦手だったので、ほっと胸を撫で下ろす。前世の記憶も相まって、ついつい「こんにちはー」って握手するとかじゃ、ダメなわけ？　って思ってしまう。

その後もお茶会に初めて現れた私に皆が挨拶に集まり、ゆっくりと椅子に座れたのは二時間後だった。はぁ……挨拶だけで二時間とかあり得ない！

私は大きなため息を吐き、テーブルに並べてあるお茶菓子を口に入れるのだった。

お菓子を食べながら、ふとある事に気付く。


——あれっ？　そういえばリンドール侯爵家の三女のダイアナ様に会ってないわ……体調を崩してるとか？　後で聞いてみよーっと、だから今はちょっと休ませて。


だが一人のんびり休憩させてくれるわけもなく、私のテーブルに貴族令嬢達が集まってきた。

「グレイドル様！　私、お話しするの憧れだったんですわ。今年魔法学園に入学しまして、入学式の新入生代表挨拶もカッコ良かったです」

「まぁ！　それなら私もですわ。クラスが違うからお話しする機会が無くて、今日お話し出来て嬉しいです」

私は令嬢達のグイグイ来る勢いに少し圧倒されながらも、ニコニコと対応していた。

そんな時だった。

「皆様ここに沢山集まっていらしたんですわね」

私達のテーブルに、後から押しかけてきた令嬢がいた。

——アイリーン様だ。また背後に取り巻きを連れている。嫌な予感しかしない。

「「ヒロウナ様、こんにちは」」

令嬢達が慌てて挨拶をしていく。

私は何か面倒な事になりそうで、内心その場から逃げ出したかった。

チラッとアイリーン様を見ると、キッと睨まれたような気がする。

あーー本当……勘弁してと心の底から思うのだった。

「皆様、こんな所ではなくて私達とあちらでご一緒しません？」

アイリーン様は私を囲む令嬢達に、自分が陣取っているテーブルに行こうと強引に誘導する。

「いやっ、でも今は、ソフィア様とお話ししてましして……」

一人の令嬢が断ろうとするとアイリーン様は私を睨み。

「皆様は知っていますの？　グレイドル様の幼少期を？　豚のように肥え太り、我が儘ばかりおっしゃるような令嬢でしたのよ？」

そしてアイリーン様は、私をバカにしたように見下してきた。

なんでそんな事言われなきゃいけないの？

それに、どうして私が太っていた事を知ってるの？

アイリーン様とは幼少期に会ってないのに！

思い返せばアイリーン様は、言葉を交わす前から私に対して敵意を持っていたように思える。

私が覚えていないだけで、昔会った事があるとか？

いや……そんな事はない。一体なんなの？

悪意を向けられている意味が分からない。

「何も言い返しませんのね？」

困惑している私を、さらにバカにしたように見てくるアイリーン様。

「何をと言われましても、私が太っていた事は事実ですし……。でもヒロウナ様に、そのように言われる意味が分かりません」

「まっ！　酷いですわっ。グレイドル様は私が意地悪を言ったと言うんですか？　私を悪者にする気ですね」

そう言ってアイリーン様は悲しげに俯いた。

それを周りにいた取り巻き達が心配そうに庇い、同じように私を睨む。

ハッキリ言ってこの状況は異様だ。

私は一体何に巻き込まれたのだろうと、今直ぐにでもこの場を逃げたい気持ちでいっぱいだった。

「グレイドル様、さすがにアイリーン様がかわいそうですわ」

「そうです！　公爵家だからって何を言っても良いんですか？」

アイリーン様の取り巻き達が一斉に私を責め立てる。

私、そんな責められるような事は言ってなくない？

「皆様、良いんですのよ。私は侯爵家、格上である公爵家令嬢のグレイドル様には逆らえませんから」

アイリーン様はまるで私が悪者であるかのように振る舞う。

それは嘘くさくて、どう見たって猿芝居にしか見えない。

なのに、私を睨む子息、令嬢が増えていく。

なんなのこれ!?

「私はヒロウナ様に対して……何もっ、そんな事は……思っていません！」

「酷いですわっ、私の事なんてどうでもいいと仰るんですのね」

全く話が噛み合わないアイリーン様。

なのに周りにいる人たちはどんどんアイリーン様の味方となり、私を睨む。

「アイリーン様！　泣かないで下さい」

「大丈夫ですか？　グレイドル様、酷すぎませんか？」

初めは淑女としてどうとかを気にして気を遣っていたけれど、余りにも話の通じない茶番劇に、これ以上付き合っていられないと思った。

「そうですね！　皆様からしたら私は悪者なんですね。これ以上この場に私がいるのは苦痛でしょう？　失礼いたしますわ」

私はそう言うと、アイリーン様達が集まるテーブルを後にした。

まだ何かギャアギャアと騒ぐ声を無視して。

そんな私の姿を、アイリーン様はいやらしい笑みを浮かべて見つめていた。

◆

はぁーっ、何あれっ!?　本当面倒！

久しぶりに話がまともに出来ない人に出会った。

会場にいた皆は、どうしてわけの分からない事を言ってるアイリーン様に対して好意的なの？

なんだか変な宗教みたいで、本当に怖かった。

「これから、絶対ヒロウナ様には近寄らないようにしよう」

私はそう心に強く誓った。


——ん？　そういえばこの場所は何処だろう。


あの会場から逃げ出したくて、飛び出したは良いけど……知らない場所に来てしまった。全く人気もないし……困ったな。

どうしようか悩んでいると、ふと水辺に美しく咲いた花が目に留まる。

「わぁ綺麗！」

思わず心の声が溢れ出る。引き寄せられるように、水辺に美しく咲く花へと走っていく。

すると。木にもたれかかり、一人本を読む少女を見つける。

この場所が何処か分からなくて不安だった私は、人を見つけた安心感で、思わず少女に声をかけた。

「こんにちは」

とっておきの笑顔で少女に声をかけると。

「——っ！」

赤面し固まる少女。

あれ？　声がけ失敗した？

私は再び声をかける。

「……あのう？」

「ああっ、しっ、失礼しましたっ。私に声をかけてくれる人など余りいないので、妖精か何かと思って」

少女は早口で話し出す。

「ふふっ、面白い方ですね、私はソフィア・グレイドルです。仲良くしてくれると嬉しいですわ」

「あっ！　あなたが……グレイドル公爵様のソフィア様！　あのっ……私はリンドール侯爵家三女ダイアナと申します」

「まぁ、あなたが私と同い年のっ！　良かったら仲良くして下さいね」

私はこの子がお母様の話していた同い年の令嬢だったのかと、仲良くして欲しいと気持ちが先走ってしまう。

だけど、少女の表情は何故か哀しげで……

もしかして、私と仲良くするのが嫌なのかな？

だったらどうしよう……。などと不安になっていると。

「すみません。気を遣っていただかなくて大丈夫です。私の容姿は気持ち悪いでしょう？　私のような者と話をするのは……」

ダイアナ様が何を言っているのか、私は全く理解できなくて聞き返す。

「気持ち悪い？　キラキラ眩しいではなくって？」

私の言葉に動揺するダイアナ様。

「ななっ!?　何を言って！」

「何ってそのままの気持ちですけど……？　あなたはとても綺麗ですわ」

「白髪に赤い目をした私を見て、本気で言ってるのですか？　家族の中で私だけがっ……こんなに気持ちの悪い見た目でっ！　ふうっ……ううっ、お父様もお母様もプラチナブロンドに青色の瞳をしてるのにっ！　私だけっ違う。私は呪われた子なの！　ううっ、ひっく……」

ダイアナ様は泣き崩れてしまった。色々と思う事があったんだろう。

だけれど、本当に綺麗だと思ったのに。

だって、確かに色彩は珍しいけれど、ダイアナ様の容姿はとても整っていて、彼女の優しさや愛情深さが内からにじみ出ているようだもの。

それに、まとっている柔らかな雰囲気が前世での私の唯一の親友にとてもよく似ている。

元気にしてるかな？　ダイアナ様を見て思い出しちゃった。

私はそんな前世の親友と姿が重なり、ダイアナ様が泣きやむまでずっと頭を撫でていた。

そしてダイアナ様が泣きやむと、私は告白とも取れるような言葉を発していた。

「私はその姿を美しいと思います、真珠(しんじゅ)のような髪も私の大好きなイチゴのような瞳も、全て私は好きです」

――そんな事を真剣な顔して言われたダイアナは、何も言えず顔を真っ赤にして俯く事しか出来なかった。

「……あのう。私と仲良くしようとしてくだるお気持ちは本当に嬉しい。でも私と一緒にいたら、グレイドル様まで気味悪がられます」

ダイアナ様はそう言うと再び寂しそうに俯いてしまう。

「そんな事っ！　あっ、私の事はソフィアって呼んで下さいね？　私もダイアナって呼んで良いかしら？」

そんなダイアナを励ますかのように、私はとっておきの笑顔で微笑むと、俯いている顔を覗き込んだ。

「はうっ！　ふぁぁっ、こんなに綺麗な人と愛称で呼び合いっこするなんて！　私は夢を見てるの？　しっかりしてダイアナ！」

ダイアナ様は突然早口で話し出したかと思えば、両手で頬をパンパンと叩きだす。

「ちょっ⁉　なっ、何して⁉」

「夢じゃないかと思いましてっ！　確認しています」

そう言って再び頬を叩くダイアナ様。

私は慌ててダイアナ様の両手を掴む。

「ダイアナ？　ねっ、夢じゃないよ？　言ってみて？　ソフィアって」

「……はっはい。ソッ……フィア様」

ダイアナは赤い頬をさらに赤くして大人しくなった。

良かった。これ以上顔を叩かれたらどうしようかと……

それにしても変ね。どうしてそこまで見た目を気にするのかな？

「あの……何故ダイアナといたら、私が悪く言われるの？」

「ソフィア様はこの魔族のような姿が怖くないんですか？」

「ふえっ？　魔族？」

急に何を言い出すの？　この世界って魔族までいるの？

思ってたよりファンタジーな世界らしい。

今まで皆から、魔族の話なんて聞かないから知らなかった。

そんな私の様子を見たダイアナが驚く。

「えっ？　まさか……魔族の事をご存じでない？」

私は頬を人差し指でぽりぽりとかきながら小首を傾げた。

「えっ……えへへっ」

「まあっ！　分かりましたわっ、じっくり魔族のお話をいたしましょう！　魔族について知れば、私なんかと関わりたいなどと思わないはずですわ！」

どうして関わって欲しくないのか理解に苦しむが、ダイアナは魔族について語りだした。

「まず魔族とは、この国から大分離れた島国、魔大陸に住んでいます！　そして、その姿は真っ白な髪、赤い目、白い肌をしています」

「えっ⁉　その姿って……」

「分かってもらえましたか？　私の姿そのものですよね？」

「姿はそうかもしれないけど……ダイアナは魔族じゃないし」

「私がこの姿で生まれてきて、皆が悪魔を産んだとお母様を罵りました。中には私を捨てろと言う人達まで。でもお父様とお母様はそんな事を言う身内全てと縁を切りました」

「えっ……⁉」

この世界でダイアナの見た目がそこまで忌み嫌われるなんて……巻き戻る前の私の記憶にはない。

ああそうか。ソフィアはそんな事はどうでも良い奴だった。

だから私には知らない情報なんだ。

本当に自分勝手で呆れる。

アイザック様の事しか眼中に無かったものね。

「私はこの姿で生まれましたが、優しいお父様やお母様、それにお姉様達から沢山の愛情を貰いました。でも私はそんな大好きな家族に、何も返せないんです！　返すどころか私のせいで、陰で悪口を言われてるんですっ。それが悔しくて……悲しくて……」

ダイアナはまた泣き出さないように、唇を強く噛みしめている。話を聞けば聞く程にダイアナの愛情が深いのが分かる。

「私……家族以外で、こんなにいっぱい人と話したのは初めてです。ふふっ、ソフィア様に話してなんだかスッキリしました」

ダイアナはクスリと笑った。

うーん……でもこの姿って私にとっては綺麗だと思うだけだし、魔族みたいだって言われてもダイアナは悪い事は何もしていないじゃない。

でも、この気持ちをどう伝えたら良いんだろう。

どうにか治らないかな？　妖精王様とか知らないかな？

そういえば最近来てないなぁ。

などと考えていたら、来訪者が。

『ソフィア、こんな所にいたっ！』

『捜したんだからね？』

シルフィとウンディーネがおやつを貰いにやってきた。

丁度良い！　ナイスタイミング。

ダイアナの事を聞いてみよ！

『ねぇ？　シルフィとウンディーネ？　おやつをいつもの倍あげるから、教えてくれない？』

『なんだソフィアが念話なんて？　珍しいなっ、何をだ？』

『私の横に座ってる女の子の姿ってそんなに珍しいの？』

『ああこれね？　これは妖精の悪戯よ！』

「はぁぁぁ!?　妖精の悪戯？」

「ふぎゃっ!!」

驚きの余り念話も忘れて、突然私が大声で叫んだせいで、その声にビックリしてベンチから転げ落ちたダイアナ。

「ダイアナ!?　大丈夫!?」

「は……はい」

それしにてもよ！

ダイアナがこんなに悲しんでるのに！

悪戯するなんて！

『ちょっ!?　ソフィア落ち着けって、オイラの言い方が悪かった！　これは妖精の祝福だ』

『なんで悪戯って言われているかって言うとね？　妖精は気まぐれだから、本当……稀にね？　人族の妊婦を見たら、そのお腹の子供に祝福を与えるのよ。貰った子供は魔力値が格段に上がるんだけど、どうやらその子はもともと魔力値が格段に高かった。だから悪影響が出てしまったのかもね』

シルフィの適当な説明に加えて、ウンディーネが細かく説明をしてくれる。

『そうそう、だから余った魔力が常に身体から溢れ出てるんだよ。その魔力の影響で髪や目がそんな色になってるんだ』

「じゃあ……治るって事⁉」

『その祝福をソフィアが代わりに貰ってやったらな』

「私が代わりに⁉　って事は、私の髪が白くなるの？」

『白くならないわよっ！　ソフィアは器がすっごく大きいんだからっ！　太くなるだけよっ』

「ああなるほどい、太く……太く⁉」

『大丈夫よ？　ちょっとくらいよ』

ふむ。ちょっとか……私がちょっと太るくらいで、ダイアナを悲しみから救えるなら！

バッチコーイ！　よ。

ダイアナを見ると、ベンチから転げ落ちたまま固まっていた。

私はそんなダイアナの手を固く握りしめ、熱く語るのだった。

「ダイアナ、私に全て任せて？　治るのよっ！」

「ええっ？　何がですか？」

——急に空に向かって延々と話すソフィアを見てダイアナは思った。ソフィアはきっと、何かに取り憑かれたんだと。

後に仲良くなってダイアナからその話をされた時、シルフィ達との会話は、ちゃんと念話にして気を付けようと私は心に誓ったのだった。

「あのね？　ダイアナのその姿って魔力が溢れてるせいなんだって！」

「えっ？　あの……？」

私が必死に説明するも、焦って色々と言葉が足りていない。

ダイアナは私が何を伝えたいのか全く理解出来ない様子。

落ち着け私！　ちゃんと説明しなくちゃ。

「ええっと……あのね？　ダイアナ、驚かないで聞いて欲しいんだけど、私は妖精と話が出来るのよ」

「ええっ！　妖精様とお話ですか？　そんな事出来る人が……本ではそんな人がいると学びましたが実際にっ……！」

ダイアナは目を丸くして驚きが隠せない様子だ。本当はもっとゆっくり説明すべきなんだろうけれど、私は話を続ける。

「それでね？　妖精が教えてくれたんだけど、今のその姿は妖精がくれた祝福(ギフト)のせいで、魔力が体内から溢れ出てその魔力の影響で、髪が白くなったり目が赤くなったりするんだって」

「妖精の祝福(ギフト)……!?」

「そう！　だからその祝福(ギフト)を私が代わりに受け取るから、そしたらダイアナは本来の姿に戻れるよ」

「ソフィア様に？　でもそしたら……」

ダイアナは私の話を真剣に聞き内容を理解してくれたようだけど。何かを決心したのか、大きく息を吸い込み深呼吸をした。

「ソフィア様の言いたい事、理解しました。でもそれは出来ません、今度はソフィア様が魔族の姿になって怖がられるんですよ？　そんな事……私は絶対に嫌です！」

ダイアナはそう言って下を向いてしまった。

そんなダイアナの両手を握りしめ、私は少し得意げに話す。

「そんな心配はいらないの！」

「……え？」

「私は魔族のような姿にはなりません。私はマナの器(うつわ)が大きいらしく、魔力が溢れることが無いって妖精達が言ってるの！　だから安心して私に魔力を渡してね？」

ダイアナ様は顔を上げて私を見つめた。

「……いいのですか？」

「いいの！」

私ダイアナを安心させるために、今日一番の笑顔で微笑んだ。

「ふぅっ……ほっ、本当にこの姿が……っ！　ふぅっ」

ダイアナがまた泣きそうになったので、私は両手でダイアナの顔を挟み顔を上げる。

「ダイアナ？　泣くのはまだ早いよ？　それは本来の姿に戻った時にとっておかないと！　分かった？」

私にそう言われるも涙が止まらないダイアナ。

涙が止まらないので、泣き笑って返事をしてきた。

「ふふっ、ふぁい！」

そんな笑顔が嬉しくて、私も目尻を下げ笑い返した。

私とダイアナはお互いの両手を握りしめ呼吸を整えると、大きく深呼吸をする。

『準備は整った？』

「準備は整った？　って聞いてるよ」

私はシルフィの言葉をダイアナに伝える。

それを聞いたダイアナは、大きく頭を上下に動かし返事をする。

「はい！」

『じゃあいっくよー！』

シルフィとウンディーネが私達の手の上に乗った、そしてシルフィ達二人も手を重ねる。

『今から魔力を移すわね！』

――次の瞬間。ダイアナの手から熱い何かが送られてくるのが私に伝わってくる。


「ふわぁ……暖かい」

私とダイアナはお互いの魔力の暖かさに触れ、思わずウットリと目を閉じた。

数分もすると魔力の暖かさを感じなくなり、私達が目を開けた次の瞬間。シルフィが終わりの合図を告げる。

『よし！　終わったよー』

合図と共に、私の中の何かがはち切れる感覚がして嗚咽が漏れた。

「ぐうっ！」

どうやら私が着てきたドレスがミチミチになり、ウェストが締め付けられているのだ。

息をするのも苦しいくらい。

何これ!?　ドレスがミッチミチで、下手に動くと張り裂けそうなんだけど!?

「あっ……ああ……っ！」

私が自分の姿の変化に驚いていた時、同時にダイアナも声を震わせ自分の姿を見て感嘆の声をあげていた。

その姿は……先程見たダイアナの姿とは別人で。

「ダッ、ダイアナ!!　髪の色がっ、プラチナブロンドになってるよ！　瞳も濃く深い青だよ、すごく綺麗だよ」

「ソフィア様ぁぁ……ああっ、ありがとうございます」

ダイアナが興奮状態で私に抱きついてきた。

「ダイアナ、良かったね。前の姿も可愛かったけど、今のダイアナは光輝いているよ」

「うっ、ううっ、ありがどうございまず……ふぅっ、うう」

ダイアナは嬉しい気持ちが大きくなり、私を抱きしめる力が自然と強くなる。

あちょ……っ!?

そんなに強く締め付けないでっ……ドレスが弾けちゃう！

嬉しいけれど、私は焦る。

なんともないような涼しい顔をしているが、心の中では大パニックだ。

「ダイアナ落ち着いて？　そうだっ、あのベンチに座りましょう？」

私は興奮冷めやらぬダイアナをベンチに座らせる。

ふっ……ふうう～。あー……もうちょっとでお腹が破れる所だった。

ギリギリで助かったなぁ。

私も一息つこうとベンチに座ろうとするも、次の瞬間固まってしまう。

ビッ……ッと嫌な音が耳に入り、慌てて座るのをやめた。

どうやらドレスは限界間近のようだ。

その姿を見て不思議に思い声をかけるダイアナ。

「あの……ソフィア様は座らないのですか？」

「えっ？　うっ……うん。やっぱり立ってようかなぁ？　って」

私は白々しく返事をする、そんな様子を見ていたシルフィ達が。

『ダメッ、もう我慢できないっ！　あははっ』

『そっ、ソフィアったら……あはっ、ミッチミチだよ？』

その一連の動きを見ていた二人は大爆笑だ。

「ちょーっ!!　二人とも笑いすぎだからね？」

私は顔を真っ赤にして怒る。そんな様子を見ていたダイアナが。

「ソフィア様、妖精様とお話ししてるのですか？　フフッ、楽しそうで羨ましいです」

私を見て幸せそうに笑う。

「そう？　妖精達はね？　私の動きを見て、爆笑してたのよ」

「ふふっ。それを聞くと余計に羨ましいです。楽しそうで、その会話に参加出来ないのが残念です」

ダイアナはそんな私の話を聞いて余計に眩しそうに見つめてくる。

「ダイアナ……私たちもこれからいっぱい笑い合いましょうね？」

「はいっ」

私の言葉に、ダイアナの瞳は潤みまた涙が溢れそうだったけれど、その顔は砂糖菓子のように甘く幸せに満ち溢れていた。

頬に涙の雫が伝うも、それさえも美しかった。

そんなダイアナの姿を見る事が出来て、魔力を自分に移動させて良かったと心の底から思った。

「さぁダイアナ？　その姿を皆に見せに行きましょう！　私がエスコートしますわ、ダイアナ姫」

「はっはい……っ。正直……人前には出たく無い。でもソフィア様が一緒なら……怖くない！　家族に早く生まれ変わった姿を見てもらいたいです！」

「ふふ。そうこなくっちゃ！」

などと言いながら私は別な心配をしていた。

ドレス破れたりしないよね？

お腹を引っ込めて歩いたらどうにかなるかな？

っと、ドレスが破けてしまわないか気が気じゃなかった。

◆

ダイアナにむかって偉そうにエスコートすると言ったものの、実はガーデンパーティー会場への帰り道が分からない私。

どっちに向かって歩いていけば良いのかな？　っと考えていたら。

「ふふっ、案内は任せて下さいね」

何かを察したダイアナが私の手を握り誘導してくれた。

私達は仲良く手を繋いで会場へと戻った。

その周りを、興味本位でついてきたシルフィとウンディーネが飛んでいた。

そのせいで私達の輝きが倍増しになっている事にこの時の私は気付いていなかった。

そんな輝いている二人が会場に戻ると、注目を集めるのは当然で……


——ザワザワーザワザワーザワザワーザワザワーー。


「えっ……何？」

何!?　なんで皆が固まって私達に注目してるの!?

もしかして、私の姿が太ったのに気付いてるの⁉　そんなっ。

息する事さえ苦労して、こんなにお腹を引っ込めてるのに？

お腹は確かに出てるが、ドレスでギュッと締め付けられ一見しただけでは分からない。

実際の所は、顔はアイザック様やお父様やお母様じゃないと分からないレベルの変化だったので、誰も遠目からだと全く気付かないのに、私は一人勘違いし焦っていた。

するとバタバタと私達に慌てて走り寄る人達が。

「ダッ、ダイアナなの⁉」

「ダイアナ！」

「その姿はっ⁉」

ダイアナの母であるリンドール夫人と姉のカレンとビアンカが、息急き切りながら私達の前に走ってきた。

その後ろを、お母様が追って来ている。

「お……っお母様っ！」

ダイアナはリンドール夫人を前にすると、我慢していた涙が溢れ、それを隠すように母に抱きついた。姉のカレンとビアンカが、ダイアナを覆うように背後から優しく抱きしめる。

「まぁっ……ダイアナ？　っふううっ……ううっ…その顔をよく見せて？　っううっ」

リンドール夫人は、泣いているダイアナの顔を両手で挟むと、自分の顔に近付ける。

「……ふふっ。ダイアナの瞳は濃い青なのね……あなたのお父様ジェイデンの瞳にソックリよ。ふぅっ……そのプラチナブロンドは私ね？　ふぅっ……っダイアナ？　やっとあなたの本当の姿が見られた……っ嬉しいわっ」

リンドール夫人はそう言って涙を拭うも、涙はとめどなく溢れてくる。

「おっお母様っ！　うあああっふううっ」

涙を流す母を見て余計に泣きじゃくるダイアナ。

リンドール夫人は自分も涙が止まらないのに、ダイアナの髪や頬を愛おしく宝物のように触れる。

「これが……本来のダイアナの姿……なのね」

リンドール夫人の瞳は、薄い青に金色に輝く美しいプラチナブロンド。

リンドール侯爵の瞳は、濃い青にブラウン寄りのプラチナブロンドをしている。

ダイアナはちゃんと両親と同じ髪の色、瞳の色をしていたのだ。

「良がっだねぇ～ううっ」

そんな家族の仲睦まじい姿を見て、私は貰い泣きする。

その様子を見ていたお母様は、何かに気付いた。

「ん⁉　フィアちゃん？　さっきと別人のように太ってない？　ドレスが今にも張り裂けそうなんだけど⁉　なんで急に⁉」

私は感動の余り、お腹を引っ込める事を忘れていたのだ。

今もミチミチとドレスが張り裂けそうなのだが、私はダイアナに夢中でその事に全く気付かない。

それを察して、いち早く母エミリアが動いた。

「ソフィアちゃん？　その身体はどうしたのかしら？」

「へわっ!?」

あっやばい、お腹引っ込めるの忘れてたせいで、お母様が身体の異変に気付いたみたい。

「あっ、あのう……これは……」

私がどう説明しようかと悩んでいたら、ダイアナの母から声をかけられる。

「ソフィア様！　先程ダイアナから全ての話を聞きました。ダイアナの姿は魔族の呪いなどではなく、妖精の祝福（ギフト）だと。そのせいで娘は魔力が溢れ出し、魔族のような姿になっていた。それをソフィア様のお力で治して頂いたと聞きました！　本当にありがとうございます」

リンドール夫人は、涙を流しながら深々と私に頭を下げた。

「えっ!?」

その言葉を聞いたお母様が、なにをやらかしたんだと私を見返す。

「えっ、えへへ……」

お母様に見つめられた私は、なんて言って良いのか分からず、頭をぽりぽりかきながら首を傾げた。ダイアナには妖精の事は内緒にしてねとお願いしていたので、私一人で治した事になっている。

後でお母様に説明しないと。

「ソフィア様！　本当にありがとうございます」

リンドール夫人は興奮の余り、私をギュッと抱きしめた。その後を追うように、カレン様とビアンカ様もギュッと抱きしめる。

普通ならなんて事のない抱擁（ほうよう）、だが今は違う。ドレスが今にも張り裂けそうな程にミチミチ状態である私に、この衝撃はきつい。

最後にトドメを差すかの如く、ダイアナがギュッと私を抱きしめた後。


――ブチブチブチッ……ビリーッ!!


何かがが裂ける嫌な音がしたかと思うと！

私が着ていたドレスの背中にあるチャックが壊れ、ばいんっと育ったお肉が露わになった。

「ヒィーーッ！」

それを見たお母様が、慌てて自分のストールをかけて私の背中を隠してくれたけれど、背中が破れたおかげでドレスにゆとりが出来、溢れでているポヨンなお腹が目立ってしまった。

「はうっ！」

タイミングが良いのか悪いのか、この瞬間にダイアナの変化に気付いた人達が、私達の周りに集まり出した。

私は慌ててお母様の後ろに回る。

お母様は阿吽の呼吸で私の姿が見えないように隠してくれた。

よし、このままこっそりと会場を退場しようとしていた時。

そんな私を見逃さない女がいた。


――アイリーン様だ。


どうやら私のドレスが破れる瞬間を偶然見ていたようで、ニマニマと悪い顔で笑い、こっそりと近付いてきていたのだ。

この時の私はアイリーン様にまだ気付いておらず。

アイリーン様が近くにいると気付いた時にはもう時すでに遅し。

彼女は、私達の目の前に立っていた。

そして大声で話し出した。

「まさか、痩せる魔道具を使って偽装していたなんて！　皆様見ました!?　あのお姿、グレイドル様の身体が別人ですわっ」

「まあっ、どういう事ですの？」

アイリーン様の取り巻き令嬢がワザと煽るように質問する。

「それはね！　私達、騙されていたんですわ！」

「騙されて？　なんだって!?　一体誰に？」

次は子息が前に出て来て大声で質問する。

「それはグレイドル様にですわ！」

大声で喜劇のように話すアイリーン様達のせいで、私達の周りに人が大勢集まってきた。

私に騙された？　何を言い出すの？

アイリーン様は一体何がしたいの？

「ちょっ、待ってくれ！　騙されたってどういう事だ!?」

集まった子息の一人が意味が分からないと言った感じで質問する。その質問に、待ってましたと言わんばかりに言葉を強調して話すアイリーン様。

「私達は、グレイドル様に騙されていたのです！　彼女は魔道具を使い、痩せたように己の姿を偽って見せていたのです！」

「なっ!?」

「グレイドル様に騙された？」

普通なら信じない話。

棒読みで寸劇を繰り広げるアイリーン様の話など、耳を貸す必要などないどうでも良い話。

そもそも私が太っていようが痩せていようが、誰にも関係ないはずだ。

なのにここにいる人達は、アイリーン様達と同調し、魅入るように真剣に話を聞いている。

……何かがおかしい。

周りが同調し、騒めき出した所に追い打ちをかけるように、アイリーン様はもう一度言葉を強調し言い放つ。

「そうです！　私達はグレイドル様に騙されたんです!!　さぁ、公爵夫人の後ろに隠れてないで、その無様な姿を見せなさいよ！」

この言葉を聞いたお母様の顔が歪む。

とんだ茶番劇（ちゃばんげき）だと見ていたが、可愛い娘をいきなり貶されたのだ。

しかもこの状況、どう考えてもあり得ない。

ガーデンパーティーはそもそも爵位関係なく楽しむものだが、いくらなんでもアイリーン様達の行動は公爵家に対する態度じゃない。


——お母様が言葉を発しようとしたその時。


周りが一斉に騒ぎ出した。

それはもう異様としか言えない景色。

この会場にいる中で、位の一番高い公爵家に楯突くなど、常識では考えられない行為。

ふと横を見ると先程まで泣きながら感動し、私に感謝していたリンドール夫人達まで、怪訝（けげん）そうな顔をして私達を見ている。

これは何かがおかしいと私とお母様は気付き目配せする。

だってリンドール夫人はお母様の親友、それがあの態度だなんて、どう考えてもおかしい。

アイリーン様が何かしたんだろうと考えるも、こんな大勢の人達を操るなんて出来るのだろうか？

私とお母様が頭を悩ませるうちにも、周りは最高潮に盛り上がる。

「早く出てこいー！　騙しやがって！」

誰かが開口一番に言い出すと、つられるように皆が一斉に私を糾弾（きゅうだん）する。

それはもうあり得ない景色、公爵家に対して有るまじき無礼。

さっきまで仲良く手を繋いでいたダイアナまでが、私を悲しそうな目で見ている。

絶対にこんなのおかしいけれど、アイリーン様が何をしたのか、どうすれば皆が元に戻るのかまったく分からない。

「ソフィア、大丈夫だから。何か様子がおかしいけど、お母様が絶対に守るから、後ろに隠れてなさい」

「お母様……」

私達を取り囲み、今にも何かしでかしそうな貴族達。

その中心にいるアイリーン様は口角を上げ嫌な顔で笑うと。

「さぁ！　私達を騙した嘘つきを引き摺り出しましょう！」

その言葉に貴族達は一斉に私に近寄ろうとする。

ちょっと皆さん、冷静になりませんか？

どう考えてもおかしいよう！

こんな姿で皆の前に出るとか絶対に嫌！

異常な雰囲気を察しお母様は私を庇いながら後ずさる……


——次の瞬間。


私の肩に、上品な刺繍（ししゅう）が施された高貴なジャケットがかけられた。

「……え？」

「君達は何をしているの？　寄ってたかって僕の可愛い婚約者に近寄らないでくれる？」

アイザック様が私達を庇うようにお母様の前に立つ。

「アイザック様！」

私はいつも通りのアイザック様の登場に少しホッとする。

良かった……アイザック様もパーティーに招待されていたんだ。

「ソフィア？　何があったの？」

「それが……急に皆さんの態度がおかしくなって……」

「よく分からないけど、僕が来たからには安心してね？」

そう言ってアイザック様は戯けたように片目を軽く閉じて微笑む。

「ふふっ」

そんなアイザック様の態度に安堵し、笑みが溢れる。

「あっ……わっ……」

私に対する態度とは打って変わり、いきなり現れたアイザック様を前にして、集まった貴族達は怯む。そりゃそうですよね。仮でも私は皇子様の婚約者なわけで。

だけどアイリーン様だけは違った。

予期せぬアイザック様の登場に歓喜し、アイリーン様は、再び言葉を強調し話し出した。

「アイザック様？　騙されないで下さい！　私達はそこにいる太った醜い女に騙されていたんですよ？」

私の事を嬉しそうに悪く言い放つアイリーン様。

確かに今の姿は太ってはいるけれど、醜い女はひどくない？

「太った醜い女？　何処にいるの？　僕の側には可愛い女の子と美しい女性しかいないけど？　ああ……目の前にいたね？　キャンキャンとうるさい醜い女が！」

そう言ってアイザック様はアイリーン様を睨んだ。

「アッ、アイザック様？　私達はそこにいるソフィア様に騙されたんですよ？　私の声が聞こえます？　なんで⁉　効果がないの⁉　なんで⁉」

アイザック様に冷たくあしらわれたアイリーン様は動揺し、何やら慌てている。

「ああ……聞こえてるよ。さっきからその気持ち悪い喋り声がね？　それが？」


――そんな時だった。


私の後ろでずっと様子を見ていたシルフィとウンディーネが、アイリーン様を睨みつけた。

『あーー何こいつっ！　イラッとするわー！』

『本当よね？　ぽちゃっとした可愛いソフィアを楽しんでたのに！　一気につまんないっ！　あーっ、嫌な魔力っ！　こんな魔力は無くしちゃお！』

『そだな！』

シルフィとウンディーネはそう言って私の頭に乗ると、お腹がパンパンになるまで魔力を食べた。

そしてそのまま魔力を放出した。

『解除（ディスペル）』

その魔力はキラキラと輝き広がっていき、貴族達の身体に付着する。

するとさっきまで忌々（いまいま）しげに私達を見ていた貴族達はわなわなと震え出し……真っ青になり座り込んでしまった。

『よっし！　変な力はこれで解除したぜ』

「え？　シルフィ、どういう事？」

『あの女、なんか変な魔道具を使って、不味そうでクセー魔法使ってたんだよ』

『そうそう、だから皆の態度が変になったの。もう二度と使えないと思うわ』

「……良かった」

アイリーン様の謎の力は魔道具を使ってたのね……それを使って皆を操って……

その魔道具怖すぎる。もう二度と使えないとわかりホッと安堵（あんど）する。

シルフィとウンディーネのおかげで助かった。

……だけど操られていた貴族達が少しかわいそう。

「えっ!?　ちょっと！　何？　皆どうしたの？」

突然の周りの変化に戸惑うアイリーン様。

謎の力の効果がきれアイリーン様の取り巻き達まで、顔を青くし震えている。

皆、操られていたとはいえ、自分達のした事の記憶はあるのだろう。

何故こんな事をしたのか理解出来なくとも、公爵夫人と令嬢に失礼な事を言ったのは紛れもない事実なのだ。怖くて震えが止まらないのだろう。

「何これ……急に何がおこったの？」

お母様は周りの態度の急変に驚きを隠せないでいる。

同じく何が起こったのか理解出来ず、ワナワナと震えるアイリーン様に、アイザック様は話しかける。

「ねぇ？　醜く肥え太ったって言ってたけど、誰の事なの？」

アイザック様は、私の肩をギュッと抱き寄せる。

「それはそこにいるグレイドッ………はぁ!?」

アイリーン様が私だと言おうとしたが、お母様の後ろから現れた私の姿はいつもの痩せた姿だった。

シルフィとウンディーネが、解呪魔法『ディスペル』を使うために魔力をタップリと食べてくれたおかげで、私は元の姿に戻っていた。

「……なっなんでよ？　意味が分かんないっ！」

「黙れ！　不敬にも程があるぞ、ヒロウナ嬢！」

アイザック様はワザと大きな声でヒロウナ嬢と名前を呼んだ。

それにより周りの貴族達はアイリーン・ヒロウナに自分達は誘導され、踊らされたんだと気付く。

悪意ある多くの目線が、アイリーン様を捉える。

貴族達は元より、アイリーン様の取り巻きをしていた子息令嬢達までアイリーンを睨む。

操っていたはずの貴族達の態度が急変し、慄くアイリーン様。

「なっ……何よ!? なんなのよっ!? なんで？ 効果が突然きれたの？ そんなのおかしいわ。もしかして壊れた？」

アイリーン様はポケットからペンダントを取り出し見つめる。

貴族達はアイリーン様に詰め寄ろうと近寄る。

「ちょっ!? 寄って来ないでよっ！」

アイリーン様は、皆の突き刺すような鋭い視線に耐えられず、逃げるように慌てて会場から立ち去った。

「意味が分からないっ！ ソフィアが太ったのをこの目で見たのに！ おかしいわっ、絶対何かしてるのよ！ アイザック様だってソフィアに操られてるのかもしれないわ、そうよっ、きっとそう。私が助けてあげるから！ とりあえずあの占い師の所に行って、魅了の魔道具が壊れたから直してもらわなくちゃ」

言いたい放題言って、忽然と姿を消したアイリーンに残された貴族達の鬱憤は収まらない。

楽しく和やかだったお茶会はシンッと鎮まりピリッと緊張感が漂う。

誰かが言葉を発すると皆が一斉に爆発しそうな空気だ。

——そんな空気を一変するマヌケな動物が庭園に迷い込んできた。

「ブヒッブウウ♪」

可愛いミニブタが一匹、お茶会をしている庭園にヒョコッと入ってきた。

短い尻尾をぴこぴこと振りながら颯爽と歩くブタ。

『ソフィアどうだい？　この身体は？　モフモフではないが可愛いであろ？　屋敷にいないから
さぁ？　ソフィアの魔力をたどって遊びにきたんだよ』

そう、精霊王様がとんでもないタイミングで登場した。

いきなりミニブタが登場し固まる貴族達。

そんな貴族達を横目に、威風堂々と歩き私の所まで歩いてきた。

ブヒッブウブウ♪

『んん？　どうしたんだい？　皆固まって？　この姿は可愛いのか？　どうなのじゃ？』

全く空気を読まない精霊王様、今日も絶好調で読んでない。短い尻尾をぷりぷりと揺らしながら、
ポーズを決める精霊王様。

あのね……今はモフモフがどうとかの場合じゃないんですよ！

「せっ、精霊王様！」

『んん？　どうじゃ？　可愛いか？』

思わず精霊王様と叫んでしまうと「精霊王様」にお母様の耳がピクリと反応する。

「えっ、ソフィア？　今……精霊王様って……？」

お母様が精霊王という言葉を聞き、何かを察したのか問い詰めたそうに私を見る。

「ええとですね……」

もう何から片付けたら良いのか分からない！

困った私は精霊王を抱き上げ耳打ちする。

「あのですね？　今凄いタイミングでね？　大注目されてるんです！　誰にも見られないでゆっくり話がしたいです」

『ふむ？　そんなに皆が我に注目しておるのか？　今回のモフモフは成功かのう……』

精霊王様が尻尾（シッポ）をフリフリとさせ嬉しそうにその場を回る。

完全に勘違いしてますね？

「いいから！　どうにかしてくれたら、クッキー山盛りあげるので！」

私は早くしてと精霊王様を急かす。

『なんとっ！　約束じゃぞ』


——ブヒッ♪　ブー♪

精霊王が鳴くと、その場にいた全ての人達が人形のように固まり動かなくなった。

「わっ！　何をしたの⁉」

皆が動かない⁉　なんで？

『我ら以外の人族の時を止めたんじゃ。これで誰にも注目されんじゃろ？　はようご褒美のクッキー！』

精霊王が短い前足で私の足をぽにぽにと叩いてクッキーを要求する。

思ってたのと違うけど……まぁ良いか。

私はドレスのポケットに手を入れ、クッキーをポケットから取り出し渡した。

そんな私の動作をじっと見ていた精霊王様がある事に気付く。

『んん？　ソフィア、服が破れてないか？』

空気は読まないのにそんな事には気付く精霊王。

『よし、直してやる』

私のビリビリに破れていたドレスの背中が綺麗に元通りになった。

普段はポンコッ……ゲフッ。こんな所を見ると、改めて凄いお方なんだなと尊敬する。

「わぁ！　ありがとうございます」

『ふふん当然じゃ。所で何があったんじゃ？』

何故こうなったのか、私は精霊王様に今まであった事。

ダイアナの事からアイリーンの事まで全て話した。

『そんでよ？　そのアイリーンってヤツがさ？　嫌なヤツでさっ、魔力も変な匂いしててさっ』

『そうよっ！　なんか変な魔道具を使って人族を操っていたと思うわっ！』

シルフィとウンディーネも加わり、興奮気味に精霊王様に話す。

全てを聞き終えた精霊王様は少しため息を吐くと。

『まずはダイアナって子の事。ありがとうなソフィア、我ら妖精は祝福（ギフト）のせいで人々が困るなんて知らなかったからね？　とても勉強になったのじゃ』

「え？　えへへっ」

思いもよらず急に褒められたので照れてしまう。

『次にアイリーンって子はちょっと問題だのう』

「えっ……問題？」

『うん。其奴はどうやら魅了の力を使っているんじゃ』

「魅了？」

魅了って？　魅力的になるって事？

『魅了って言うのはじゃ？　自分の思うように人を操ったり、従わせたり虜（とりこ）にしたりと、精神を操るものじゃ。偶（たま）に人族で使う奴が現れるんじゃけど、毎回はタチが悪い。はぁ……また魅了使いが現れたか。今回は魔道具を使ったようじゃから、大した事ないがのう』

そうか、あの謎の力は魅了っていうんだ。

……皆アイリーンに魅了されてたから、貴族達やダイアナもあんな風になったんだ！

そうか……でも良かった。

私が嫌われてしまったわけではないとハッキリして、なんだかホッとする。絶対に何かがおかしいと分かっていても、あんな風に大勢の人に囲まれて、辛かった。

んっ？　あれ？

それじゃなんでアイザック様は魅了されないの？

アイリーンの事を、あの目は完全に嫌っていた。

「アイザック様には魅了が効いてなかったみたいなんだけど……なんで？」

私が質問するも、精霊王様は必死にクッキーを口いっぱいに頬張り食べていて喋れない。

『モシャッ。モギュッ……ゴクンッ！　んん？　アイザックに効かない？　そりゃそうさっ』

慌ててクッキーを飲み込み応える精霊王様。

「なんで？」

『だって、ソフィアが作る水で作ったデトックスティーを飲んでるじゃろ？　アレには浄化の力もあるからね、アレを飲んだ人族を魅了するのは無理じゃ。呪いをかけるのもね！』

へえええーー!?

私の作る水にそんな効果があるの!?

美肌効果があるってウンディーネは言ってたけれど……

私のデトックスティーって、意外と凄かったのね。

そうか、私の作るデトックスティーを飲んだおかげで、アイザック様だけでなく生徒会メンバー達もアイリーンの魅了にかからず助かっていたのね。

『それでこの後どうするんじゃ？』

「どう？」

『どうって、魅了で操られておった奴らの事じゃよ。このままじゃと……操られていたとはいえ、此奴らの処分は免れんじゃろうの？　なんせ王族であるアイザックまで関わってしもうたからのう。我が過去に見てきた、魅了によって操られていた奴らの末路は……それは悲惨じゃったのう』

ええ？　操られていたのに？

本人の意思とは無関係なのに？　悲惨な事になるの？

悪いのは魅了を使ったアイリーンじゃんか！

なのに当の本人は逃げていないとか！　その尻拭いを他の貴族達がするの？

何それ！　巻き戻ったソフィア並みの屑行動だよね！

「うーん……確かに嫌な事を言われたけど、それが本人の意思じゃないのに、処罰を受けるのはちょっと嫌かも……」

偽善とかじゃなくて、本当に嫌だなと思った。

前世の嫌な上司を思い出してしまったのもある。自分が悪い癖に都合が悪くなると、部下に丸投げして自分は上手い事助かってた上司！　はぁ……やな奴だったな。

『ではどうする？　アイリーンが登場してからの皆の記憶を消すか？』

「ええ!?　そんな事出来るんですか？」

『当たり前じゃ我を誰じゃと思うとる？』

ミニブタ姿の精霊王様まが顔を上げ、どうだと言わんばかりに仰け反る。

「……精霊王様です」

『そうじゃ！　我からすれば記憶操作など容易い事じゃ』

ブヒブヒブーッ♪

精霊王様は得意げに尻尾(シッポ)をぷりぷりと振る。

アイリーン様……いや、アイリーンがした事まで無くなるのは正直言ってムカつくけれど、この後証拠をいっぱい集めて、ちゃんと悪い事をした責任をとってもらう。

そしてこれ以上悪い事が出来ないようにしたら良いよね。


——よしっ、決めた。


「アイリーンが登場してからの記憶を消してください！」

『ほう？　分かったのじゃ』

精霊王様はミニブタの姿で両手を掲げる。すると、手（前脚）から虹色の粒子が出てきて、庭園にいた貴族達全員にそれが付着した。

『これでもう……貴族達は、自分達がアイリーンに操られていた事を忘れたはずじゃ。本当に良かったのか？　アイリーンとやらをこの証拠を元に断罪出来たのだぞ？』

「良いの。それだと魅了の被害者達も多く断罪されてしまうもの。私は決めたの、アイリーンに全て償って貰うって」

『ほほう……頼もしいのう。では止めていた時を戻すのじゃ。覚悟は良いか？』

「はいっ」

精霊王様がそう言うと、人形みたいに固まっていた貴族達が、息を吹き返したかのように一斉に動き話しだした。

アイザック様は私の肩を抱きしめている状態で、意識が覚める。私の肩を抱きしめている経緯を、アイザック様は当然理解できるはずもなく……動揺した様子で私から慌てて離れた。

なるほど、時間を止めた時の体勢に戻るのね。精霊王様との話に必死で自分の状況を理解できていなかった。

「えっ!?　なんでっ……？　ソフィアを……抱きしめてっ？　ちょっと待ってくれ!?　何この状況は!?　理解に苦しむのだが？　僕は庭園に着きソフィアの姿を見つけて、その場に向かって歩いていたはずなのに！　なんで僕の腕の中に可愛いソフィアがいるんだ？　何この役得！　しかも僕のジャケットを羽織(はお)ってるし！　なんでそんな貴重な出来事の記憶が無いわけ？」

アイザック様は手で口元を押さえながら、早口で独り言をブツブツと言っている。何を言っているのかは分からないけれど、動揺しているのは分かる。

急に私を抱きしめているんだもの、私だって逆の立場になったら意味が分からなくて動揺しちゃう。

というか、私だってそんなアイザック様の姿を見たら、意識してしまいドキドキしてしまう。

そんな私たちの姿をお母様がニマニマと微笑ましそうに見ているのだけれど、何か勘違いをしていませんか？

これは色々あっての体勢なんですよ。その過程の記憶がすっぽりと抜け落ちているから、二人でイチャイチャしてるみたいにしか見えないようだけど。

ダイアナたちや他の人たちもお母様と同じように、顔を赤らめたり、ほうっと感嘆の声をあげたりして、ウットリと私たちの方を見ている。

あの……勘違いなんですって！

アイリーンが私を責めるように追いやっていたから、アイザック様が私を庇うために肩を抱き、守るようにギュッと抱きしめていたんだけど。

今はアイリーンもいないし、皆その記憶もないわけで……何故か私たち二人の周りに集まり抱擁(ほうよう)を見るというシーンに変わっているわけで……別の意味に皆は勘違いしている。

私たちの周りには、お茶会に来ていた全ての貴族達が集まっていたから、全員に二人の熱い抱擁（ほうよう）を見られてしまった。

めちゃくちゃ恥ずかしいです！

私は慌ててアイザック様から離れた。

もう今更なんだけど……

私が離れたからか、黙って見ていたお母様が少しニマニマとニヤけながら近付いて来た。

お母様……その顔は完全に勘違いしていますよね？

「ソフィアちゃん？　お母様知らなかったわよ？　アイザック様とそんな……ほうっ」

お母様は頬に手を当て体をしならせる。

「あわっ！　ちっ、違っ、私がええと……そうっ、転けそうになって！　あのっ、それをアイザック様が偶然受け止めてくれたの！　ねっ、アイザック様」

私はそう言ってアイザックをチラリと見る。

「んっ、んん？　え……なっ……なるほどなっ！　そういう事か、僕がよろけるソフィアを受け止めたのか、受け止めたにしては不思議な体勢だったが……」

アイザック様は私の話を聞いて、何やらブツブツと独り言を言っている。

どうしたのかな？

もしかして何か覚えているんだろうか？

「あの……アイザック様？」

私は再びアイザック様に話しかける。

「そうです。偶然近くにいた僕が、ソフィアを受け止めただけです」

今度はいつもの冷静なアイザック様に戻り、柔らかく微笑んだ。

「なぁんだ、残念……」

お母様は少し残念そうに口を尖らせると、リンドール夫人の所へと歩いていった。

なにを期待してたんですか？

なにもないですよ？

「ソフィア様」

「ダイアナ！」

お母様の事をやれやれと見ていると、ダイアナが声をかけてきた。

「本当にありがとうございます。こんな大勢の人前に出ているのに、誰も私を嫌悪した目で見ません。こんな事は初めてです。今まで私は人の目が怖かった……でも今は、怖くありません」

ダイアナが瞳を潤ませながら微笑み、私に向かって深々とお辞儀した。

そんな私たちの姿を、近くにいたアイザック様が不思議そうに見ている。

「ソフィア？　こちらの令嬢は？」

「彼女はリンドール侯爵家三女ダイアナ様ですわ」

「ええっ！　ダイアナ嬢だって⁉　人前に姿を現さない謎の令嬢。噂では……あっ、なんでもない」

アイザック様が慌てて口元を手で隠した。

「噂では魔族の娘ですよね？　リストリア殿下。初めましてダイアナです」

ダイアナがアイザック様に向かって美しいカーテシーを披露する。

「すっ、すまない。そんなつもりは無かったのだが……」

アイザックが申しわけ無さそうに俯く。

「良いんです。以前の私は本当に魔族のような見た目をしていましたから、それをソフィア様が体を張り治してくれたのです」

そう言ってダイアナは少し頬を染め私を見つめてくる。なんだか照れくさい。

「えっ……えへへ」

「ソフィアが身体を張り⁉　一体何をしたんだ？」

「ふふふ、それは二人の秘密です」

ダイアナは意味深に微笑むと私をギュウッと抱きしめた。

「わっ、ダイアナったら……ふふっ」

目の前で仲良く戯れる私達の姿を、なんとも言えない表情でアイザック様が見ていた。

「あっ、すみません。少し行ってきますわ」

ダイアナがリンドール夫人に呼ばれ、その場を離れていった。

私とアイザック様の二人だけになった。


――そうだ！　アイザック様にはアイリーンの事を報告しとかないと！


「アイザック様、ちょっと」

私はアイザック様に向かって手招きし、誰からも見えない場所にあるベンチへと誘導する。

「へっ？　ソフィア……どうしたの？」

突然私に呼ばれて困惑しているアイザック様。

「人に聞かれたくない大事な話がありますの」

「ひっ人に!?　急にどうしっ…………！　まさか……僕と正式に婚約したいとか？　いやっ、愛の告白を……それなら僕からちゃんとしたい。まてよソフィアの事だ、期待させて……う〜ん」

アイザック様は一人でブツブツと何か言いながら考え事をしている様子だ。私の話を聞いているのかいないのか、なかなか近くに来ない。

「アイザック様、早く」

私は再びアイザック様を呼んだ。

「あっ、ああ……大事な話って？」

やっとアイザック様はベンチに座った。なにやら深妙な面持ちで。

「……アイザック様は、魅了の魔道具をご存じですか？」

「……へっ!?　みみ、魅了!?」

「はい！」

私がそう言うと、アイザック様は頭を抱え込み俯いてしまった。

「……はぁやっぱりだ。ソフィアは想像の斜め上を行く。魅了の魔道具だって？　なんでまたそんな物騒な物を……」

どうしよう困らせてしまったのだろうか？　アイザック様の様子が明らかにおかしい。

なにやらブツブツ言いながら考え込んでいる。

少ししてやっと顔を上げると、大きなため気を吐き、私の方を見た。

「もちろん知ってるよ。禁忌の魔道具とされているからね。王宮では、過去に使われた魅了の魔道具を厳重に封印しているよ」

やはり知っていた！　さすがはアイザック様。

それに禁忌の魔道具って言ったよね？

って事は、かなりヤバい魔道具をアイリーンは持っていたって事になる。

「そんなにも危険な魔道具なんですね」

「魅了がどうかしたのかい？」

「実は……」

私は精霊王様が消した記憶の部分を、アイザック様に全て話した。

その間アイザック様は私の話を黙って真剣に聞いていてくれた。

「……という事だったのです」

「じゃあ、僕がフィアを抱きしめていたのは、ヒロウナ嬢に魅了された貴族達から君を守るために⁉」

「はい」

「はぁぁ……なんて勿体無い事を！　精霊王様、頼むからその記憶を戻して下さい！　なんだよソフィアにいらぬ事を言った貴族達、お前ら全員許さないからな！　操られていたとはいえ、ソフィアに近寄ろうとした貴族もだ！」

「ふぇ⁉　アアッ、アイザック様⁉　そのっ……」

急にそんな事を言われると思ってなかった私は、顔を真っ赤にして固まってしまう。

アイザック様、心の声がダダ漏れですが……なんだか、恥ずかしいです。

悶えるアイザック様の横で、顔を真っ赤にして困惑する私。

そんな二人の様子を側から見たら、物凄く滑稽(こっけい)なのではとふと考えてしまった。

なにか普通に話さないと。

「あっ、あのう……アイザック様、勿体無いとは？」

「あっ……ああ。取り乱してすまないね。勿体無いというのは、その……僕の記憶だけでも元に戻してくれないか？」

「えっ……記憶を戻す……」

記憶がない事が勿体なかったのか、さすがは皇子様。

起こった出来事を全て把握しておきたいんですね。

ちょうど良いタイミングで、精霊王様がこちらに向かってポニポニと肉球を鳴らしながら歩いてきていた。私の足元まで歩いてくると、キュルンと上目遣いで見て『甘いお菓子はないのか？』と言ってきた。

なんともあざとい。

精霊王様がどうだ可愛いじゃろって思っているのが透けて見える。

ブヒブヒブー♪

「ええとね、精霊王様。お菓子をあげる代わりにお願いしたい事があるのですが」

『ほう？　なんじゃ』

「先ほど消した記憶、アイザック様のだけ元に戻す事は可能ですか？」

「えっ、ちょっ……このミニブタが精霊王様ってどういう事なんだい!?」

私たちの会話を聞いたアイザック様が間に入ってきた。

「ええと……今はこの姿が精霊王様の姿なんです」

「そっ、そうなのかい。急にミニブタに話しかけ出したから驚いてしまった。会話を邪魔してすまないね」

アイザック様には精霊王様の声が聞こえないのだから、そりゃびっくりするよね。

『ソフィアよ、先ほどの話じゃが、可能じゃ』

「え!? 本当ですか、ありがとうございます」

『ふふ、見ておれ』

精霊王様は私の腿の上に飛び乗った。

『分かったのじゃ！ では消した記憶を戻すのじゃ』

私の膝の上で「ブウブウブー♪」っとひと鳴きすると。

アイザック様の周りを光の粒子が覆っていく。

光の粒子が消えると……アイザック様の表情が先程までの柔らかな表情とは打って変わり、冷酷な表情へと変わる。

「………許せないな」

アイザック様は拳を握り締め震わせている。

強く握り締めすぎて、手が壊れるのではと思えるほどに。

「アイザック様？」

不安げにアイザック様を見つめると、強く握り締めていた拳を緩め、私の頭を優しく撫でながら

柔らかく微笑む。

「可愛いフィアにヒロウナ嬢はやりすぎたね。魅了の件は僕に任せてくれるかい？　調べてみるよ」

良かった、笑ってくれた。

頭を撫でてくれる手があまりにも優しくて少し緊張する。

「はっ、はい！　お願いします」

「ふふっ、任せてね」

魅了についてはアイザック様が調べてくれる事になった。

この時の私は、アイザック様の内に秘められた恐ろしい程の怒りに気付いていなかった。

第三章　アイリーンの企み

アイリーンは鬼のような形相をし、淑女らしからぬ姿で城下町を必死に走っていた。

彼女は、お茶会から逃げるように屋敷を飛び出した後、城下町まで一目散に馬車を走らせた。目的地であった占い師がいる時計台下に到着したものの、肝心の占い師はいない。

それ故アイリーンは馬車を降り、占い師を捜すために躍起になって走り回っていたのだ。

焦るあまり、占い師が現れる時間や場所には条件がある事などすっかり忘れていた。

それ程にアイリーンは必死だった。


――アイリーンは勘違いしていたのだ。


自分に従っていた子息令嬢達は、自分の事を本当に崇拝し慕っていると。自分の事を慕っているから、なんでも言う事を聞いてくれていたのだと過信していた。

全ては魅了の魔道具の効果で、彼等は無理矢理言う事を聞かされていただけなのに。

それを敢えて見ようとはしないアイリーン。

自分は魅了的で誰からも慕われ崇拝される人物だと思いたいのだ。

「私がこんなにも捜してやってるのに！　なんで占い師のやついないのよっ」

悪態を吐きながら目をぎらつかせ、城下町を走り回っていると、占い師と同じ黒いローブ姿の人物が、細い小道に入って行くのを見つけた。

「あれ？　もしかして……」

急いで追いかけるが、そこは細長い道が延々と続いた後、行き止まりになっているのが遠目からでも分かる。

「なんでいないの……？」

小道をじっと見ていると、小道の途中にある何もない壁がパタンと開きローブ姿の人物が再び現れた。

「やっぱりいたっ！」

――どう考えても怪しい人物だと、冷静に考えれば分かる事だっただろう。

しかし、アイリーンは慌ててローブ姿の人物に駆け寄る。

「ねえっ！　ちょっと、あなたから貰った魅了のペンダントが壊れたのっ！　ねえっ、元に戻してよ」

ローブ姿の人物に必死に話しかけるアイリーン。

「ええっ？　なっ、なんだっこの小娘は？」

このローブ姿の人物――怪しい男は、アイリーンが捜していた占い師ではない。同じような黒いローブだから勘違いしたのだろう。

「誰かと勘違いしてないか？」

「ねぇって！　ペンダントがないとソフィアに皆が騙されるっ」

ローブ姿の男はいきなりアイリーンに絡まれて困惑していた。

しかし、ある名前を耳にした途端ピクリと眉を動かす。

「えっ？　ソフィアってグレイドル公爵家の令嬢か？」

「そうよっ、ソフィアよ！　そんな事より、魅了が効かないと私が困るのよ。ペンダントはもうないの？」

アイリーンの話を聞き、ローブ姿の男は少し口角を上げニヤリと笑う。

「分かった。だが、今はペンダントを持っていないのだ。明日その娘を私が言う場所に連れてきてくれないか？　その時に魅了のペンダントを渡そう」

「明日？　それはさすがに無理よっ、そんなの急すぎるわ」

「早く魅了のペンダントが欲しいのではないか？」

ローブに隠れた男の瞳が怪しく光る。

魅了のペンダントは早く欲しい……

そうね。明日、学校からどうにか連れ出せば良いのよ。

ふふっ、私が誘ったら喜んで付いてくるでしょ。

アイリーンは深く考えずに男の提案に賛同する。

「分かったわ！　明日連れてくるわ」

「では、忘れずにな。場所は……」

——クククッ……まさかこのタイミングで、奴らに仕返しが出来るとは！

あの小娘の所為で私の人生が全て狂ってしまった。あれからずっと、闇に潜んでいたが、あの小娘を奴隷（どれい）としてアヤッスィール王国の使者に売り払ってやる！

クククッ、誰も公爵令嬢だなんて思わないように汚してから売るぞ。

さぞかし悔しいだろうなグレイドル公爵よ！　アーッハハハハッ。

アイリーンは一番間違えてはいけない人物と、占い師を間違えてしまった。

グレイドル家に恨みを持つ、とある男に声をかけてしまった。

◆

「ソフィア様？　どうしたんですか、そんなうかない顔をして……？」

髪を結いながら、ラピスが心配そうに私の顔を覗き込んできた。

「んん？　ちょっと昨日疲れちゃったのかな」

昨日のドタバタお茶会でさすがに少し疲れたのと、今日学校でアイリーンに会う事を考えると少し憂鬱になっていた。

「今日は元気の出る髪形にしましたよ」

私の表情が暗かったからか、ラピスが気を利かせてくれた。

今日の私の髪は、どうやって編み込まれたのか分からない程に、精巧かつ細やかに編まれていた。

「どうですか？　斜め横にアレンジして編み込みを重ねてみました」

ラピスが鏡を持って後ろも見せてくれた。

「わぁ……綺麗」

嬉しくて自然と笑顔が溢れる。

「ふふっ、良かったです。少し元気が戻って」

ラピスは太陽のように眩しくて砂糖菓子のように甘い表情で微笑んだ。

「はわっ！」

その顔がなんだか愛おしい者を見ているように思えてしまい、私は思わず頬を赤く染め恥ずかしくて俯いてしまう。

ラピスからしたら何気ない笑顔なんだろうけれど、私には色気が強すぎる……

「ががっ、学校に行かなくっちゃ！」

「ふふ、はい。行ってらっしゃいませ」


——慌てて部屋を出る姿を、ラピスがずっと愛おしそうに見ていたなんてもちろん気がつかない私だった。


ラピスってば私の事を宝物みたいに見つめる時があるから……恥ずかしくて、どうしたら良いのか分からない。

馬車に乗り一人悶々と考えていると、あっという間に学園に着いた。

校庭を歩いていると、シャルロッテが後ろから話しかけてきた。

「おはようございます。ソフィア様」

「あっ！　おはようシャルロッテ」

「朝一番にソフィア様にお会い出来るなんて、今日は朝から幸せです」

シャルロッテは頬を染め幸せそうに微笑む。相変わらず可愛い事を言ってくれる。

そんな事を言われると、嬉しくてニヤけてしまう。

「シャルロッテったら！　大袈裟よ」

「ふふっ、そんな事ないですよ！」

二人仲良く教室に入ると、先に教室にいたアイリーンが私をじっと見つめ近寄ってきた。

うわ～……嫌な予感しかしない。

ってか、昨日の今日でよく私に話しかける気になるよね。

「ソフィア様おはようございます。ちょっとおはっ……」

アイリーンが何かを言いかけた時、先生がバタバタと慌しく教室に入ってきた。

先生！　ナイスタイミングです。

「はい皆さん！　席に座って下さい。ずっと休学されていた生徒が本日から登校する事になったので紹介します」

先生に促されアイリーンは渋々自分の席に座る。

ふぅ～どうにか逃げられた。でもあの様子じゃまた話しかけてきそう。

一体なんの用事があるっていうんだろう？

それに、このクラスに休学してる生徒がいたの？　知らなかった。

先生から紹介され、教室に入ってきたのは……

「初めまして、今日から学園に登校する事になったダイアナ・リンドールです。仲良くして下さいね」

「ダッ、ダイアナ……」

ダイアナは、驚きポカンと口を開ける私に向かって、片目を閉じて無邪気に微笑んだ。

◆

昼休みになると、私はアイリーンから逃げるように急いでダイアナを引き連れ、シャルロッテと共に秘密のガーデンへと直行する。

「わぁ……学園にこんな場所があるんですね！　素敵な場所ですね」

「ふふ、私とシャルロッテのお気に入りの場所なの」

ダイアナが木々に囲まれ誰からも見えない小さな庭園に感動しているけれど、私はそれどころではない。

「そ、れ、よ、り、ビックリだよ！　ダイアナが同じクラスに入ってきたから」

私が興奮気味に話すと。

「ふふっ、サプライズですわ」

ダイアナはしてやったりといった顔で笑う。

「あのう……お二人はいつお知り合いに？」

仲間に入れず、少しいじけたようにシャルロッテが質問する。

「実は私……ソフィア様に助けていただいたのです。ソフィア様のおかげで、ずっと憧れていた学園生活を今日から始める事が出来ました」

ダイアナが物凄く得意げに話すのだけど、なんだか私は急に褒められてむず痒い。

「まぁ！　リンドール様もですか？　私もです。ソフィア様のおかげでこの学園に来て良かったと思えたのです。今、私は最高に幸せなのです！」

「まぁ！　ハーメイ様も？　私も、シャルロッテと呼んでもよろしくて？　私の事はダイアナと呼んで下さいね」

「はいっ、よろしくお願いします。ダイアナ様」

「ふふっ……」

私そっちのけでキャッキャうふふと盛り上がる二人。

ずっと二人が私の事を交互に褒めちぎるので、恥ずかしいやらどうしたらいいやらで……

私は会話に入れず、顔を真っ赤に染めプルプルと身悶えていた。

「あっ、あわっ……もうそれくらいで……」

褒められすぎていた堪れないので会話を止めようとするも、二人の会話はヒートアップするばかり。

二人が仲良くなってくれたのは、本当にうれしくって良かったんだけれど……

なんだか褒められ続け、辱めのダメージを受けただけで昼休みが終わりそうだ。

「あの、私、頼まれていたお仕事を思い出したの。シャルロッテとダイアナは先に教室に行っててくれる？　私も終わり次第向かうから」

「「はい、わかりましたわ」」

頼まれていた仕事をスッポリ忘れちゃうところだった。

思い出して良かった〜！

生徒会室に資料を持って行く用事を思い出した私は、二人と別れ慌てて生徒会室に向かった。

用事を済ませて早足で教室に戻っていると。

横からいきなり現れた生徒とぶつかった。というか、ぶつかられた。

「いっつ……」

なにが起こったの⁉　急に何かが当たってきて……

前を見ると大袈裟に転んだアイリーンがいた。

はぁ……あなたですか。

「いったぁーいっ」

アイリーンは大袈裟に叫ぶ。

いやいやあなたが急にぶつかってきましたよね？

と言いたい気持ちを呑み込み、一応アイリーンに大丈夫かと尋ねる。

「はぁ？　コレが大丈夫に見える？　お気に入りのドレスがダメになったじゃない！　新しいドレスを買っていただかないと！」

はぁ？　……なんでドレス？

そう思いふと足元を見ると、袋に入った新品であろうドレスが飛び出し、私のお尻の下地きになっていた。

いやいや、なんで学校に新しいドレスを持ってくるの？

正直、意味がわからない。

昨日の今日だし、これは……何かまた変な事を考えてそうだよね。

とりあえずアイリーンが何を考えてるのか良く分からないし、この場を早く去るのが一番。

ここはアイリーンの言う事を聞いて、さっさと立ち去ろう。

「……分かりました。ドレスの代金としてグレイドル家に請求書を送って下さい。弁償(べんしょう)しますので、では私は失礼します」

「えっ、ええっ？　違うでしょ？　ソフィア様が私のドレスを選んで下さいよ！　今日の放課後にね？　一緒に買い物に行きましょう、約束ですよ！　じゃあまた放課後に」

「えっ、ちょ⁉」

私が嫌だと断る前に、言うだけ言って立ち去ったアイリーン。

相変わらず自己中心的だなとため息が漏れる。

はぁ……これって行かないとダメかな。絶対に何か企んでいるのが見え見えだし。

そもそもなんで貴重な放課後に、アイリーンと出かけないといけないわけ？

……でもなぁ。すっぽかすと永遠に付き纏(まと)われそうだし……

また別の作戦を考えて、結局何かされそうだし。はぁぁぁ……めんどくさい。

それに何より、早くアイリーンをどうにかしないといけないのは確か。

彼女がまた取り返しがつかなくなるような事をしでかす前に、魅了を使っている証拠を掴んで、罪を償わせないといけない。

そのためには、私もなにか対策を考えないとなんだけど。

さすがに今はなんの対策も作戦も考えてない……はぁ。

でも、アイリーンもまともな準備は出来てないだろうから、チャンスかもしれない。

頭を悩ませトボトボとゆっくり教室に向かって歩いていると、生徒会の用事を終わらせたアイザック様が私の横に並んだ。急いで追いかけてきてくれたみたいだ。

「ソフィア？　どうしたのそんな顔して……？　急がないと授業が始まるよ？」

私のうかない表情に気付き、アイザック様が心配そうに顔を覗き込む。

「はぁ……それが……」

私は、先程の出来事と、アイリーンと放課後にドレスを買いに行くかもしれないという事をアイザック様に話した。

「それは……妙だな。昨日の今日でその行動はどう考えても怪しすぎるだろ。ヒロウナ嬢は一体何をしようとしてるんだ？　考えが読めないのに、ソフィアが一人で行くのは危険すぎる」

「アイザック様もそう思います？　でも、昨日の今日だからこそアイリーン様もまともに準備できてないと思うんです。だから、何か証拠を掴めるかも」

「それはそうかもしれないが……ソフィアを一人で行かせるわけにはいかないよ。ところで今日は学園に精霊王様は付いてきてるの？」

アイザック様は私一人だと心配なんだろう、精霊王様がいるのか聞いてきた。

「……今日は来てないんです」

「それじゃあ、妖精達は？」

「うーん……皆気分屋で。多分シルフィとか……？　あっ！　そうそう、今日はリルが勝手に付いて来ちゃってて、馬車で待って貰ってます」

「そうか良かった……リル様が一緒なら何かあっても安全だ」

リルが付いて来ていると言うと、アイザック様はホッと胸を撫で下ろす。

「だけどねソフィア？　いくらリル様が一緒だとはいえ、ヒロウナ嬢は怪しい。何をしようと考えてるか分からないから、何かあった時にすぐ守って貰えるよう、絶対にリル様から離れてはダメだよ！　分かったね？　魅了の件は、また後でも調べられるんだから」

アイザック様の態度を見て、やはりアイリーンがいかに危険なのかを再確認する。

「心配をおかけして申しわけありません」

「気にしないで、僕もバレないように後からソフィアの馬車を追うから安心して」

アイザック様が私の手の上に両手を重ねて優しく握り締めた。

安心させようとしてくれているのは分かるんだけれど、なんだかドキドキしてしまって落ち着かない。顔が赤くなっているような気がする。

返事を返さずに下を向いていると、アイザック様が私の顔を覗き込んできた。

「約束だからね？　僕も後から付いて行くから」

「ははっ、はい」

アイザック様に赤い顔を見られて少し恥ずかしいのと、後から来てくれるという言葉に安堵(あんど)し、複雑な気持ちの私だった。

◆

授業が終了したので、馬車に向かう。

案の定そこには、アイリーンが待ってましたと言わんばかりの顔で待機していた。

御者(ぎょしゃ)さんの方を見ると、かなり困惑していたので、私を待っている間に何か言って困らせたんじゃないかと心配になる。

「さぁ！　ソフィア様、行きますよ」

「……はぁ」

私を見つけたアイリーンは、手を引っ張り「早くドレス店に行きましょう」と我が家の馬車にグイグイと私を押し込み、許可を取る事も無く同乗しようとしてくる。

この人は本当にちゃんと淑女教育を受けていたのだろうか？

仮にも侯爵家令嬢、この行為はあまりにも淑女らしからぬ行動。

まぁ、いつもそうなのだけれど。


——だからこそ不思議で仕方ない。


どうして巻き戻る前のアイザック様は、アイリーンと婚約したのだろう？

アイザック様が好きになる要素が全くないんだよね。容姿はとても美しいけれど、そんな理由でアイザック様は人を好きになる事は絶対にないと思うのよね。

もしかして……魅了の魔道具を使ってアイザック様の婚約者になったんだとしたら、屑（クズ）ソフィアと同等なんだけど……などと考えアイリーンを見る。

当のアイリーンはというと、私の馬車の内装が気になるのかキョロキョロと見回している。

「公爵家の馬車ってこんなに豪華なの？　侯爵家とそんなに違うわけ？　本当ずるいわー」

なにを見ているのだろうと思っていたら、アイリーンは公爵家の馬車を品定めしていたらしい。

私はついジト目でそんなアイリーンを見る。

はぁ、どうしてずるいって発想になるのだろう……各家がどこにお金をかけるかはそれぞれの考え方によって違うのだから、比べてもしょうがないのに。

というか、馬車が豪華って言っても他の馬車より少しだけ広いくらいで、後は同じだと思うんだけれど。確かに大袈裟な魔道具が付いてるけど、それは見た目では分からないし……

っていうか、一体どこにドレスを買いに行くつもりなの？

かれこれ二十分は馬車を走らせている。もう繁華街は通り過ぎて、人通りも少なく寂れた通りに入って行く。

この先は、人気店などなくなるんだけど……

行動が読めないアイリーンにストレスを感じて、私は腿の上に乗せたリルをギュッと抱きしめた。

『ソフィア？　どうしたの？』

『ンン？　リルに癒されたくて』

『癒し？』

リルが心配そうに私の頬を舐める。

「ふふっ、リルは可愛い」

私はリルのお腹に顔を埋めて存分にもふもふを味わる。

『あははっ、ソフィアったらくすぐったいよ』

リルに癒され力を得た私は、嫌々ながらもアイリーンに話しかけた。

「あのヒロウナ様？　こんな街外れに人気のドレスのお店がありますの？」

「まぁ？　知らないんです？　巷で大人気のドレス店を？」

私を少し馬鹿にしたように話すアイリーン。

「あっ！　ありましたわっ、ココです！」

アイリーンが身を乗り出し、ココだと言う場所には確かにドレスのお店があった。

だけれど、そのお店にはかなり肌を露出したドレスが並んでいる。

私達くらいの年頃の令嬢は、普段全く着ないようなデザイン。良く言えば、成熟した女性が夜会に着て行くような派手なドレスが、ショーウィンドウに飾られているのだ。

店内に並ぶドレスは、胸元が開き脚が見える身体のラインを強調するデザインばかりだ。

「あのう……ヒロウナ様？　本当にこのお店でドレスを購入するの？」

「何かいけなくて？」

「こちらにあるのは、私達がお茶会に着ていけるようなデザインのドレスではないかと？」

「良いんです！　私は夜会に着て行くドレスが欲しいのですから」

「はぁ？」

学生が夜会？　この人は何を言ってんの？

夜会には学園を卒業しないといけないでしょうが！

余りにもわけの分からない答えに驚いた私は、思わず前世の態度で反応してしまった。

「あっ、いや……私が汚したドレスは、お茶会などのパーティーで着る用の物でしたよね？　なんで全く違う用途のドレスを私が購入しないと？」

「そんな細かい事良いじゃない？　公爵家はお金持ちなんだし、どっちでも良いでしょ？」

「本気で言ってます？　さすがにちょっと理解に苦しみます。お金持ちだからなんでも買えと？」

「えっ……？　何真剣な顔してるの？　ちょっと怖いんだけど、そんな事どうでも良いじゃない？　さっ、行きましょう？」

そう言ってアイリーンは御者に声をかけ馬車を勝手に止めると、そそくさと馬車から降りドレス店へと入っていった。

全く会話にならない。

はぁ……アイリーンと話をしているとほんと疲れる。

『ねぇソフィア？　このままアイツを置いて帰ろうよ。アイツの魔力って、なんか臭いんだよね……はぁ、やっとソフィアの良い匂いだけになった』

リルは私の匂いを満喫するかのように、私の身体に顔を擦り寄せる。

「私も帰りたいんだけど……そう言うわけには行かないんだよね。リル……一緒に行ってくれる？」

『もちろんだよ。ソフィアを一人にはしないよ、僕も心配だしね』

「ありがとうリル」

私はリルをギュッと抱き上げると、馬車から降りドレス店へと入っていった。

◇

その後ろ姿を、心配そうにじっと眺める男達がいた。アイザックとジーニアスだ。

二人はソフィア達が乗ってきた馬車から少し離れた所に馬車を止め、隠れながらドレス店の近くまで歩いてきていた。

「別にジーニアスは付いてこなくても良かったんだぞ？」

アイザックがそう言うと。

「気になるだろう？　いつも冷静な君があんなに慌てていたら」

ジーニアスは真面目に答える。

「僕はそんなに慌てていたのか？」

「ああそうだね。そして一緒に付いてきてみたら、どうやら君はソフィアを尾行してるし。当のソフィアは全く着そうにない……ドレスの店に入るし……怪しさしかないだろ？　一体何があるの？

僕にも詳しく話してくれないか？」

「……むう」

アイザックは仕方なく、アイリーンの事を話すのだった。

（くそう……せっかく僕とソフィア二人だけの秘密だったのにな。まあ……今はそんな事を言ってる場合じゃないか。ソフィアに何かあってからじゃ遅いからな）

話し合った二人は、ドレス店を心配そうに見つめていた。

「あんな……お店で何してるんだろうな？」

ジーニアスはショーウインドウに飾られているセクシーなドレスを見て少し頬を染め、目を逸らした。

「結構長く店内にいるよな？」

アイザックもうんうんと頷き、店内を見つめる。

「ふふっ、殿下？　女性のドレス選びは時間がかかりますわよ？」

いきなりアイザックの背後に女性が立つ。

「なっ……影か！　ビックリさせるな。準備は完了したのか？」

「はいっ、全員配置完了です、私は今から客を装い店内の様子を見てきます。では失礼します」

女性はアイザックに挨拶すると颯爽（さっそう）と店内に入って行った。

「おいっ！　アイザックお前っ、今の王族の影部隊じゃないのか？」

「そうさっ、ソフィアに何かあったら大変だろ？　影の中でも特A部隊に来て貰った」

特Aとは特別部隊の事で、影の中でもスペシャリストが集まった部隊である。それをソフィアのため私的に動かしたアイザック。

「来て貰ったって……よく国王様が許したな？　いくらなんでも国王様の承諾を得ないと無理だろう？」

ジーニアスはよく影がそんな私的なことで動いてくれたなと驚く。

「ああ、直ぐに許してくれたよ。だってソフィアに何かあったらグレイドル公爵が……なぁ？」

「……あー……、公爵……うん……そうだよな」

アイザックの話を聞き、二人は無言で目を合わせ頷いた。

◇

「あのう……ヒロウナ様？　一体何着試着する気ですか？」

「だって！　どれも私に似合うから困っちゃう」

いやいや。だからって試着しすぎでしょ？

私はドレス店にある無駄に華美（かび）なソファに座り、ぐったり疲れ果てていた。

何故ならアイリーンはお店に入るや否や、試着すると言って片っ端からドレスを着ていくのだ。

それを私は延々と見せられている。

もう、何着でもドレスを買うから、帰らせて欲しいって思う。買い物に付き合う男性の気持ちが分かるなぁと思ってしまう。

「ヒロウナ様？　そろそろドレス決めませんか？」

どれでも良いから早く決めて下さい。

「ええ？　だってまだあの二着は試着してませんし、候補の三着からも決めかねてるのにぃ……だって……こういったデザインのドレスはお父様は買ってくれないのよね。可愛いのに！　地味なデザインのドレスばっか！　せっかく買って貰うんだから、悩ませてよね？」

何かぶつぶつと必死に話してるけど、もう付き合いきれない。

「あー……ええと、全部で五着ですね！　それ全部買います。これで良いですね？」

「ええ!?　良いんです？　ソフィア様って、太っ腹だわ。ウフフ」

五着全部買うというソフィアの言葉に、瞳が輝くアイリーン。

ドレスを五着も買うのは無駄な出費だけど、もうこの時間が耐えられない！

私のお小遣いから支払えばいいんだし！

限界だ、早く帰りたい。

「じゃあ、そのドレスをヒロウナ侯爵家に届けて下さいね。では帰りましょう」

私はドレス店の店主にそう言ってお店を出ようとするも、アイリーンが固まって動かない。

「あっ、はい……あっ！　……ぶつぶつ……しまったぁ！　ドレスに夢中で約束の事を忘れてたぁ！　どうしよっ、ソフィアはもう帰る気満々だし……困った」

アイリーンが指を咥え、何やらぶつぶつと独り言を言っている。

はぁ……まだ何かあるんですか？　私はもう帰るんだから！


——そう息巻いていると。


「ええと……ソフィア様？　この先に新しく出来たカフェがあるんですけど。ケーキが絶品で、私そこに行きたくて……」

アイリーンがカフェに行きたいと、上目遣いでおねだりしてきた。

「ええ!?　もう帰りましょう。約束は果たしましたし」

私は行かないと、ウンザリ気味に返事をする。

だがアイリーンはへこたれない。

ずっと行こう行こうとアピールをやめない。

ほんと勘弁してください。

なにを言っても、うんと言わない私に対してさすがに痺れを切らしたのか。

「あっ、そうだ。では、私の事をこの先のカフェで降ろして下さい。そこに家の者に迎えに来て貰いますからっ！　ねっ、だからカフェまで一緒に行きましょう！」

「……はぁ。分かりました。カフェに送るだけですよ」

どうやってでもカフェに行くのね。

次はカフェのケーキを全て買えって言いそうな気がする。

アイリーンは一体何がしたいの？　私に何かしようとしてるんじゃないの？

用心してたけど、ドレス店でも何もなかったし……ああっ、まさか？　私の事を財布にしようとしてるんじゃ⁉

などと私が少しずれた事を考えていた時。

アイリーンは全く別のことを企んでいたのだった。

◆

「さっ、行きましょうソフィア様！　ここのケーキは大人気なんですよっ。ドレス選びに時間がかかっちゃったから……人気のケーキが残ってるか心配だけど」

案の定、カフェに送り届けるだけでは終わらなかった。

アイリーンは私の手を引っ張り、強引に店内へ連れて行こうとする。

「ちょっ……引っ張らないで下さい。カフェに送って行くだけって言ってたじゃないですか」

「本当にケーキが美味しいお店なんです！　ソフィア様もぜひお土産にどうですか？」

カフェに送って行くだけって言っていたのに、結局私も連れて行く気？

もしかして……私にお金を使わせる事で嫌がらせしてるとか？

う〜ん……魅了の魔道具の後に、こんなしょぼい嫌がらせをするかしら？

ああっ！　アイリーンの考えてる事が全く分からない。

「分かったから！　行きますから手を離して下さい！」

私はアイリーンと一緒に、カフェへと渋々入って行くことにした。

◇

その様子を遠くから見守るアイザック達。

「なんだ？　一緒にカフェに入って行ったぞ。ソフィアは送って行くだけだと、影の報告で聞いていたのだが？」

カフェに入っていった二人を不審そうに見つめるアイザック。

「無理やり引っ張られてなかったか？　なぁアイザック。俺達も店内に入るか？」

ジーニアスは遠くから見守るのが不安になってきたのか、店内に入ろうと促す。

「そうだよな……」

◇

二人が店内に入ろうか迷っていた時。

ソフィア達は店主から案内されカフェの奥にある個室に入っていた。

「あっ！　ちょっとおトイレに……」

個室に入るや否や、アイリーンがトイレに行きたいと部屋を出ていった。

「わざわざ個室に入れてくれなくても良いのにね？」

ソフィアはソファに座り、リルに話しかける。

リルは殺気立ち周りの様子を伺っている。

「リル？」

『ソフィア、この部屋は何か変だっ！　今直ぐに部屋を出て？』

「えっ？　リル、どうしたの？」

いつもと違うリルの様子に戸惑うソフィア。

『この部屋は強力な魔力封じが施されている！　何も魔法が使えない！』

「えっ？」

その時だった。

気付いた時には既に遅く、ソフィアはソファにパタリと倒れてしまった。

『くそっ！　この匂いは眠り薬の香を炊いているのか？　僕には効かないから気付くのに遅れてしまった！　ソフィア！　ソフィア起きて！　ねぇってば！』

リルはソフィアの体を揺らしたりしながら、必死に起こそうと顔を舐める。


——その時だった。


誰かがソフィアの上に乗るリルを掴むと、壁に思い切り投げ付けた。

「犬はいりませんからね？」

魔法が使えないリルはただの子犬も同然。壁に思いっきり当たった衝撃で骨が数本折れたのだろう、身体がふらつき思うように動けない。

それでも精一杯、自らを投げつけた人物——怪しげな男を睨みつける。

『くそっ……この部屋さえ出る事が出来たら。こんな怪我……』

そんなリルを尻目に男は、ソフィアをロープでぐるぐる巻きにしていく。

「念入りに巻いておかないとね。この小娘は魔力が異常に高いらしいから、魔法を使われると厄介だ。このロープには魔力封じの魔道具が埋め込まれているからね。ははっ、これじゃ自慢の魔法も使えないだろう」

そう言って高らかに笑い、男はソフィアを担ぐ。

そして、ソフィアが入って来た扉とは別の扉から出て行った。

後を追おうとするも、リルは身体のあちこちを骨折したせいで動けない。

『ソフィア待って！　……くそっ、身体が動かない』

リルの叫びも虚しく、男はソフィアを連れ去っていった。

『ソフィア……待ってて？　この部屋さえ出たら直ぐに助けに行くからね』

リルは痛む身体を必死に動かす。

這って前に進むことしかできないが、動く度に身体中に痛みが走り、顔が苦痛で歪む。

それでも大好きなソフィアのために、必死にドアに向かって少しづつ進んでいると……突然ドアがガチャリと開いた。


――なんとドアの前には、アイザックが立っていた。


アイザック達は話し合った結果、カフェに乗り込む事にしたのだ。

それが今回は功（こう）を奏（そう）したのだった。

「リル様、ソフィアは？　なっ、怪我をしてるのですか？　どうして⁉　神獣（しんじゅう）が怪我をするなんて？」

アイザックは慌ててリルを抱き上げる。

リルはアイザックに向かって、部屋を出たいと前脚を動かしてジェスチャーを送る。

「んん？　もしかして部屋を出たいのですか？」

言葉は分からないが、リルの言いたい事を察しアイザックは部屋を出た。

次の瞬間、リルは魔法を使い全回復すると、アイザックの腕から飛びおり、カフェから勢いよく走り出ていった。

「リル様！　待ってください！」

アイザックはこのカフェにいる者全てを調べろと影達に命令し、リルを追いかけるため、自ら白馬にまたがり後を追うのだった。

◇

眠らされたソフィアはそのまま裏口から馬車に乗せられ、街外れにある小さな小屋に運び込まれていた。

そこで待っていたのは、勝手にソフィアの事を逆恨(さかうら)みしているウメカ・ツゥオ。

彼の周りにはガラの悪い屈強な男達が数人立っていた。

「ははは っ、やっと仕返しが出来る日が来たんだなっ！　この忌々(いまいま)しい娘のせいで……」

ウメカ・ツゥオは高笑いをすると、ロープに縛られ横たわるソフィアの顔を蹴ろうとした。

が、横に立っていた男に止められる。男はウメカ・ツゥオが手を組んでいるごろつきのリーダー格であった。

「おいおい？　顔は綺麗なままじゃないと高く売れないからな？　傷を付けるのはやめてもらえるか？」

「なっ！　こんな小娘どうなっても!?」

「いやいや？　話が違うだろ？　この娘を誘拐した後は、俺達の好きにして良いって話しだぜ？　どちみちその後は、奴隷にするんだろ？」

どうやらこの男はソフィアの美しさを見て、金になると考えたようだ。

ウメカ・ツゥオは自分の目の前で、自分の手によってズタボロになるソフィアが見たいのに、止められイライラしている。

「くそっ！　顔じゃ無ければ良いだろっ」

ウメカ・ツゥオがソフィアの腹を蹴ろうとした瞬間、ソフィアの目が覚めた。

「は？」

(ちょっと待ってくれ！　あの香の匂いを嗅いだら半日は目が覚めないと聞いたのに!?　なんでこの女はもう目が覚めたんだ!?)

パニくるウメカ・ツゥオ。

いつもデトックスティーを飲んでるソフィアにはあまり効果がなかったようだ。

◇

んん～……ここは？

さっきまでいた景色とは全く違う景色が目に入る。

私は、カフェから移動して別の場所にいるみたいだ。

身体を動かそうとすると……あれ？

「なっ⁉　なんで縛られて？」

私は自分が縛られている事に気付き、慌てて辺りを見回す。

すると、見たことのある顔が目に入る。

「あっ……あなたはウメカ・ツゥオ！　なんでこんな所に⁉」

ちょっと待って、こいつは今お父様達が必死に捜してる悪人だよね？　そいつがどうして私を縛ってるの？

私はさっきまでアイリーンとカフェにいて……あっ！

「まさかあなたはアイリーンと繋がって⁉」

「ああ？　あの女はアイリーンというのですね？　大分あなたに恨みがあるようでしたよ？　私と同じでね？」

「……恨み？」

アイリーンが私に恨み？

それにこの人まで私のことを恨んでいると言った。

恨みを買った覚えはないのだけれど。

「なんでかって不思議そうな顔だな？　教えてやろうか？　俺はな、お前のせいで……上手くいってた事が全て台無しになった。お前のせいで私はこんな所に潜み、表立って行動も出来なくなった。全てお前のせいだ！」

そう言ってウメカ・ツゥオはわなわなと震えているが、それって自業自得ってもんじゃゃ……

「はぁ？　意味が分からない。全部自分が悪いのに、人のせいにばっかして最悪の屑人間」

あまりにも自分本位な考えに、私はため息を吐く。

そして呆れたようにウメカ・ツゥオを見る。

「ななな、っ、偉そうな口を！　お前っ、自分の立場を分かっているのか？　お前を縛っているロープはな？　魔力封じの魔道具が施されているものだ。自慢の魔法は使えないぞ？　万が一ロープが外れたとしても、この小屋にも魔力封じの結界が張ってある。この意味が分かるか？」

ウメカ・ツゥオは恍惚とし、さも自分が一番というようにウットリする。

そして、私に向かってどうだ？　怖いだろ？　っと意味ありげな視線をよこし、怯えて欲しそうに見てくる。

「お前はな？　今からこの男達に襲われるんだ。それが恐ろしければ、私に助けを乞うしかないんだよ？　分かってるか？」

ウメカ・ツゥオは自分に平伏して謝れと言わんばかりに、嫌らしい目をして私を見る。

「……はぁ。言いたい事はそれだけですか？」

私は冷めた目でウメカ・ツゥオを見据える。

「なっ……？　なんでこの娘は震え泣き叫ばないんだ！　恐ろしくないのか？　私はその姿を、お前が怯え泣き叫ぶ姿を見たいんだよ！」

怖がりもせず、許しも請わない私の姿が気に入らないのか、その場で地団駄を踏む。その姿はあまりにも大人気ない。

「私はね？　あんたみたいな屑が一番嫌いなの！……はぁ……久しぶりにムカついた」

私はそう言うと、思いっきり体に力を入れて。身体を縛っていたロープを千切った。

「はっ、はぁぁぁぁ!?」

「ロープが切れっ!?　なんでぇ!?」

さすがに予想外の出来事だったのか、周りにいた屈強な男たちまでもが驚いている。

「いやいやいやっ？　ちょっ？　なんでロープがっ？」

余りの出来事に尻餅をつき狼狽えるウメカ・ツゥオ。

「ふふ？　この身体ってね？　物凄く怪力なのよ？　こんな細いロープ……魔力なんてなくても

どって事ないのよ！」

私はそう言うと、ロープをウメカ・ツゥオに投げつけた。

「あわ……っ。おっ、おいっ！　女をもう一度縛れっ！」

ウメカ・ツゥオは動揺するも、私を再度縛れと命令する。

「おおっ、おう。お嬢ちゃん？　この後に痛い目見たくなかったら、じっとしてた方が身のためだぜ？」

屈強な身体をした男の一人が、私に近付き再びロープで縛ろうとする。

次の瞬間、男は床に倒れ気絶していた。

「なんだ……見た目の割に、案外脆（もろ）いわね」

私の鋭い蹴りが頭に入り、男は倒れ気絶したのだった。

「なぁぁぁぁぁぁぁぁぁっ⁉」

これには驚き、後退りするウメカ・ツゥオ。

ふふふ、魔法以外もね？　私は色々と鍛えてるんだから。

こう見えて、グレイドル家の筆頭護衛からお墨（すみ）付きをもらってるんだからね！

「ねぇ？　私をどうするって言ってたっけ？」

私はニコリと微笑むとウメカ・ツゥオにゆっくりと近付いていく。

「あっあわっ……ああっ悪魔！」

ウメカ・ツゥオは腰を抜かしてしまったのか、尻ばいしながら後退していく。

「おっおいっ！　お前達っ、ボーッとしてないで！」

逃げながら、男たちの後ろに隠れると再び命令を下した。

「あっ……ああっ！」

私の華麗なる蹴りに呆然としていた男たちが再び私に飛び掛かろうとした瞬間。

小屋がバラバラになった。

「……はっ……え？」

「なあっ⁉」

「ナナナ？」

「小屋が壊れっ⁉」

突然の出来事に間抜けな声を出すウメカ・ツゥオたち。

建物の外壁が無くなり外から丸見えになったのだ。

「これは一体……⁉」

なにが起こったのだろうと、周りを確認すると。

恐ろしい殺気を放つ真っ白な魔獣（まじゅう）が立っていたのだ。

「あっ……あわっ……化け物！」

「うっうわぁぁぁっ！」

「たったすけっ……」

その存在に気付いたウメカ・ツゥオ達が真っ青になり震えだした。

腰を抜かし這いつくばりながらも、必死に後退りしようとしている。

それはそうだろう。真っ青になるのも無理はない。


——何故なら五メートルは優に超える真っ白な魔獣(まじゅう)は、今にも食い殺さんとばかりの覇気(はき)を放ち立っていたのだから。


その覇気(はき)だけで気絶しそうなほどだ。

『よかった……ソフィア。よかった、無事だったんだね』

魔獣(まじゅう)が私に話しかけてきた。大きな尻尾(シッポ)をブンブンと揺らせながら。

そのせいで周りに小さな竜巻(たつまき)がいくつも巻きおこっている。

「えっ……その声はリルなの？」

『そうだよ？　なんでそんな事を聞くの？』

リルは不思議そうに首を傾げた。

どうやらリルは、自分の姿が大きくなっている事に気付いてないようだ。

「リル！　すごい大きくなっているよ！　あわっ、モフモフがっ」

私は興奮気味にリルの所に慌てて走っていく。

「リルーっ！」

大きなリルの身体に抱きつくと、私は顔を埋めもふもふを堪能するように味わう。

『あれ？　ソフィアが小さい？』

「今ごろ何を言ってるの？　リル、凄く大きくなってるよ？　……はふぅ。もふもふ最高」

私がそう言うとリルは自分の身体を見回す。

『本当だ！　気付かなかった……ソフィアの所に早く行かなくちゃって必死で……何故かソフィアの魔力がちょっとしか感じられなくて不安で、魔力をもっと感じたいって思ったからかな？』

「リル、心配かけてごめんね？」

私はリルをギュッと抱きしめた。

『ソフィアは悪くないよ、アイツらが悪いんだ！』

リルは再びウメカ・ツゥオ達に殺気を放つ！

リルの殺気に今にも失神しそうなウメカ・ツゥオ達。

なんならすでに失神してる人もいる。

「ききっ、聞いてないぞっ！　魔獣使いとか！」

「あんな大きな魔獣を従えてるとか！　アイツは本当に人族か？」

ウメカ・ツゥオに雇われた男達は、青ざめながらギャアギャアとウメカ・ツゥオに詰め寄り文句を言っている。

『ねぇソフィア、僕の背中に乗って？』

リルは風魔法を使って、ふわりと私を浮かせ背中に乗せる。

「はわわっ、ふわふわのワンちゃんに乗るとか！　前世で夢見た憧れがっ……現実のものにっ！

くうっ」

『あははっ、なにヘンテコなこと言ってるの？』

私はリルに笑われながらも、ウットリとリルの背中を堪能（たんのう）している。

もはやウメカ・ツゥオの事など、少しどうでも良くなってきている。

リルはそんな私を乗せて、ウメカ・ツゥオへと近付いていく。

リルに圧倒され、逃げたくても腰を抜かし身動きさえ取れないウメカ・ツゥオ達。

「たっ、たた助け……っ」

『お前達は僕の大切な人を傷付けようとした。絶対に許さない！』

リルはウメカ・ツゥオに魔法を放つ。

次の瞬間、ウメカ・ツゥオ達は炎に包まれる。

「ギャアーーッ！」

「あちぃっ！　体が溶けるっ！」

「助けてっ！　痛いっ」

悲痛な叫び声にハッとモフモフから我に返った私は、慌てリルに声をかける。

「リル！　殺したらダメだよ、ウメカ・ツゥオ達にはちゃんと法の裁きを受けて貰わないと」

『ええっ、そうなの？　う～ん難しいなぁ』

リルは面倒臭そうに炎を消した。

◇

ウメカ・ツゥオ達は先程までの燃え盛る炎のせいで、服は焼け焦げ殆ど全裸状態のまま震えながら腰を抜かし座り込んでいる。

自分たちは一体何をされるんだと、恐怖に慄いているのだ。

この状況をどうまとめようかとソフィアは考えていた。

そんな時、白馬に乗ったアイザックが颯爽と登場した。

「ソフィア!?　大丈夫か！」

白馬から飛び降りたアイザックは、ウメカ・ツゥオ達が全裸である事に少し驚くも、後をついてきていた警備隊達に冷静に指示を出す。

そして、全員を縛り捕えた。

ウメカ・ツゥオ達は警備隊の登場に安堵した様子であった。

何をされるか分からない、さっきまでの恐ろしい状況に比べたら、警備隊に捕まる方が何倍もマシだと思ったからだろう。

警備隊ならばそこまで酷い取り調べはしないだろうと、安易な考えで。

――もちろん通常ならばそうだが、今回は違う。

ソフィアの事が大好きなアイザックが関わっている。

リルのお仕置きも、警備隊に捕まってからのお仕置きも然程変わらないのだ。

ウメカ・ツゥオ達はまだその事に気付いていない。

アイザックは大きくなったリルの背中に乗るソフィアに気付くと、ホッとした表情で走ってきた。

「ソフィア……よかった。何もされてない？」

アイザックはそう言ってソフィアの顔に傷がないか、ドレスに乱れたところがないか確認する。

「アイザック様まで……助けに来てくれたの？」

「当たり前だよ！　ドレスを見に行くだけかと思ったら、カフェにまで入っていくから、心配で仕方なかったんだよ？」

「すみません……もっとしっかり断ればよかった……」

「ヒロウナ嬢はジーニアス達が捕まえているから安心して」

「捕まえて？」

アイリーンを捕まえたんだ……そうか。

「ソフィアの後を追う事に必死で、僕もまだ詳しい事は分からないんだけどね？　とりあえず悪い奴らは全員捕まえたから」

そう言ってアイザックは微笑んだ。

◇

「ちょっと何⁉　なんなのよこの人達！」

アイリーンは呑気（のんき）にケーキを選んでいた。

占い師との約束を果たし、あとは魅了のネックレスを受け取るだけだと、久しぶりに上機嫌であった。

そんな時、カフェに雪崩れ込むかのように入ってきた王家の影、それに警備隊の人達。

それを纏（まと）めているのはジーニアスだった。

「店内にいる客、それに従業員全て、このお店から出れないようにするんだ！」

「はっ！　分かりました」

「店外に逃げ出した奴はいないか？」

「はっ！　五名いましたが、すぐさまロープで拘束し、こちらに」

影の男が縛った男達をジーニアスの前に座らせた。

「よくやった！」

ジーニアスはこの場にいる全ての影や警備隊を完璧に取り仕切っていた。

さすが未来の宰相(さいしょう)候補である。

「僕はこの場でお前達を取り調べる権利を王家から貰っている。嘘など吐くと、どんな目にあうのかくらいの想像はつくよね？」

ジーニアスは店内にいた全ての者達を冷たい目で睨んだ。

「じゃあ一人ずつ尋問していくね？」

（ソフィアにもし何かあったら、只じゃ済まさないからな！　くそっ、アイザックは間に合ったのか？　僕だって一緒に飛んでいきたかった。でも僕にも大事な仕事がある）

ジーニアスは怯える客の中にアイリーンの姿を見つける。

（ヒロウナ嬢、君は絶対に許さないよ？　優しいソフィアに付け込んで、もしソフィアに何かあったら君は、その何十倍も苦しい目にあってもらうから？　覚悟して）

そう思いジロリとアイリーンを睨んだその時、アイリーンと目が合った。

――ジーニアスと目が合い、なにを勘違いしたのか、アイリーンは瞳を潤ませ叫び出した。

「ジーニアス様！　助けてください。私、このカフェにケーキを買いに来ただけですのにっ……いきなりこの男達に集められて！」

ジーニアスに今にも走り寄り抱きついてきそうな勢いだ。

だが、警備隊に抑制されアイリーンは身動きがとれない。

「ヒロウナ嬢だったかな？　僕は君に名前で呼ぶ事を許可した覚えは無いんだけどね？」

ジーニアスは冷たい目でアイリーンを見据える。

「えっ……あっでもぉ、優しいジーニアス様なら助けてくれますよね？」

ジーニアスの冷たい態度に全く動じないアイリーンは、助けてくれと上目遣いでアピールする。

「君は人の話を聞けないのか？　僕はエリシアだ！　ジーニアス・エリシア、君にジーニアスなんて呼ばれたくないね」

ジーニアスに名前を呼ばれたく無いと言われ、顔を歪めるアイリーン。

だが、尚も助けろと執拗に訴える。

「はっなっ……！　なんでそんな酷い事を言うんです？　私はこんなわけの分からない騒動に巻き込まれてるんですよ？　助けてくれても良いじゃないっ」

「……巻き込まれ？　へぇ？　では質問するが、君はここに一人で来たの？」

「もちろんそうですわ！」

鼻息荒く一人で来たというアイリーンを蔑むように見て、外に視線を向ける。そこにはグレイドル家の馬車が止まっていた。

「どうやって来たの？　ヒロウナ侯爵家の馬車は止まって無いようだけど？」

「……あぐっ……それはぁ？　ええと……あーっしまった。ソフィアに乗せてもらったんだ！　こんな事なら自分の馬車で来たら良かった！　どうしよっ……なんて誤魔化したら……」

アイリーンが言葉に詰まり、ぶつぶつと独り言を言いながらどう答えようか困っている所にジーニアスは、追い打ちをかけるように煽る。

「君はそこに止まっているグレイドル公爵家の馬車でここに来たよね？」

「えっ？　なんで知ってっ……あっ、いやっ⁉」

「あのね？　僕は君が趣味の悪いドレス店にソフィアを連れて行き、その後このカフェに連れて来たのもこの目で見てるんだよ？」

「なっ⁉　あっ……っ」

全て知っていると言わんばかりにジーニアスに問い詰められ、アイリーンの顔は歪み真っ青になっていく。

「ねぇ？　ソフィアは何処に行ったの？」

そんなアイリーンをジーニアスが恐ろしく冷たい目で睨む。

「あわっ……私は！」

さすがに自分の立場が危うい事が分かったのだろう、アイリーンの顔はどんどん青褪めていく。目が泳ぎ、まともにジーニアスを見る事さえ出来ない。

「ソフィアに何かあったら、死んだ方が良かったって目に遭わせてあげるから。ソフィアの無事を祈るんだな！」

「ヒィッ！」

「その女を縛れっ！」

「はっ！」

そう言い放つとジーニアスは踵を返し、アイリーンに背を向け歩いていった。

「ジーニアス様っ！　お願いしますっ、私、こんな事になるなんて思わなかったんです！　ねぇっ、ねえってば！　私はヒロインなの！　こんなのおかしいわ。ねぇ、ジーニアス様！」

アイリーンが必死に訴えジーニアスを呼ぶも、ジーニアスが返事をする事は二度と無かった。

◇

「フィア……本当に何もされてない？　大丈夫か？」

アイザック様は向かい合って座る私を心配げに見つめる。

私は今、アイザック様の馬車に乗り、グレイドル邸に送って貰っている。

ウメカ・ツゥオ達は警備隊に連れられ、王都にある牢獄へと向かった。

アイザック様は、私に小さな傷でもあれば許さないとばかりに、顔や手をジッと見つめてくる。

心配性すぎませんか？

それに見られすぎて恥ずかしい。

「あのっ、アイザック様？　その……そんなにジッと見つめないで下さい。見られすぎて……そのう恥ずかしい……です」

「あっ、ごめんね。大切なフィアに、小さな傷でさえついていたら許せないからね？　確認、確認」

アイザック様はさらっと言うが、皇子さまスマイルでそんな事を言われたら、余計に恥ずかしいです。

なんとも甘い空気に耐えきれず、私はわざと大きな声で「私はこう見えて丈夫なのですよ！　だから心配は無用です」とそう言って、拳を握りしめ胸を軽く叩いた。

「そうかい？　痛い所があったら我慢せずに僕に言うんだよ？」

そんな私をまだ心配そうに覗き込む。

こんな雰囲気の中、実は私はロープを引きちぎりました、などと言えないし……

ましてやキックを浴びせたなんて、口が裂けても言えないな……と思いながら返事をするのだった。

「はい」

そんな二人の真ん中で、腹を見せイビキをかきながらリルは気持ち良さそうに寝ていた。

初めて大きくなったので思ったより疲れたようだ。

私の魔力を補充したら直ぐに寝てしまった。

『ふふっ……美味し…むにゃ』

「リル、今日は本当にありがとうね」

私はそんなリルの頭を優しく撫でる。

リル、心配かけてごめんね。そしてありがとう。

そんな私たちをアイザック様は何も言わずに見つめていた。

グレイドル邸に着き馬車を降りようとしたら、不意にアイザック様に手を握られた。

「へあ？」

突然手を握られ思わず変な声が出てしまう。

アイザック様は私の手を握り締めると、真剣な目でじっと見つめ一呼吸した後、話し始めた。

「僕はね？　今回の件でどれだけ君の事が大切か、身に染みて分かった。だからね、ソフィア？

僕はもう遠慮しないから覚悟しといてね」

「え……」

アイザック様の余りにも熱を帯びた眼差しに、私は自分の顔がどんどん赤くなるのが分かる。

なんて色っぽい目で私を見るの？

覚悟ってなんの覚悟ですか？

もう私はキャパオーバーです！

「…………はい」

私は俯き、『はい』と返事する事しか出来なかった。

あうう……顔が熱いっ！

心配をかけたのは本当に私が悪いんだけど、あの目はダメ！

アイザック様を見るとなんか恥ずかしい！

手を離してくれないと、身動き取れないし。

ううう……どうしたら。

今日のアイザック様はなんか様子が変で、ちょっと居心地が悪い。

緊張してドキドキが止まらない。

なんなら変な汗も止まらない。

その後も私は、何も喋れず顔を赤らめずっと俯いていた。

そんな私の姿を見て、アイザック様は一歩前進かも？　とポツリと呟き微笑んだ。

やっと手を離してもらえて、馬車から降りグレイドル邸に入ると、お父様が般若のような顔をして仁王立ちしていた。

「ひっ！」

その姿に驚き、変な声が出るも、そんな私をお構いなしにお父様はギュッと抱きしめてきた。

そしてどこにも傷がないか？

何もされてないか？

なんてアイザック様と同じような事を確認すると、私の手首が縛られていたせいで桃色に変色している事に気付き……

『可愛いフィアたんのお手手になんて事を……ギリッ』と、そう言った後に『私は少し王城に用事があるから今から出て行くが、フィアたんはお屋敷でゆっくり休むんだよ』と告げ、入れ替わるようにアイザック様の馬車に乗り込んだ。

いったい何をしに王城に行くんだろう。

私はお父様とアイザック様の姿を見送り、部屋へと戻った。

◇

さっきの甘い雰囲気とは打って変わり、般若（はんにゃ）の顔をしたグレイドル公爵（おっさん）を馬車に乗せ、アイザックは王城へと帰って行った。

もう少しソフィアと一緒にいたかったと切に思いながら……

ソフィアの父アレクとアイザックを乗せた馬車の中は、緊張感でなんとも言えない空気が漂っていた。

シンッ……静まり返った中、アクションを先に起こしたのはアレクだった。

向かい合って座るアイザックに右手を差し出し、手の平をクイックイッと自分の方に向け動かした。その仕草を見たアイザックは、なんだろうと首を傾げる。

「ゴホンッ！　黙ってないで返してくれるかな？」

「返し……ああ。返した方が良いですよね？」

「なっ、何を言って！　今回はフィアたんの一大事だから心配で貸しただけだ！　早くアレを返したまえ」

アレクは憤りをどうにか抑え、返せと手を出してアピールする。

その姿を見たアイザックは、右手にはめていたブレスレットを渋々とり、アレクに渡した。

それをアレクは奪うように慌て受け取ると、急いで自分の右手にはめた。

そう……これはソフィア追跡のストーカー魔道具である。

ソフィアが何処にいるかコレさえ付けていれば、いつでも捜しだせる便利な魔道具。

アイザックはこのブレスレットを借りるために、わざわざアレクを訪ねていたのだ。

そのおかげで、リルに追い付けなくてもソフィアの居場所が分かったのだ。

（くそ……さすがグレイドル公爵だな。何より先に追跡魔道具を回収しにきたか。あわよくば回収する事を忘れて、このまま僕の物にならないかなぁなんて考えていたが、夢のまた夢だったな）

アイザックが残念そうに俯いているとアレクが話しだした。

「アイザック皇子、この件にソフィアのクラスメイトの同級生が絡んでいると報告がありましたが、本当ですかな？」

アレクは厳しい目をしてアイザックを見つめる。

「はい……間違いないです。生徒の名はアイリーン・ヒロウナ侯爵令嬢」

「なるほどね。ヒロウナ侯爵令嬢ね、ではヒロウナ侯爵も呼ばないといけないね」

アレクはさらに眉を顰め、恐ろしい気を放つ。

その気に圧倒されないようにアイザックは必死に踏ん張る。

「あっ……ぐっ…そうですね」

「今日はもう遅い、侯爵達の取り調べは明日ゆっくりと時間をかけて行わないといけないね」

「……はい」

そう言って笑顔を見せるアレクを見てアイザックは思った。

怒らせてはいけない人を怒らせてしまったと。

——王宮に着くとジーニアスと警備隊隊長が待っていた。

「アイザック！　ソフィアは？　無事なんだろうね？」

アイザックを見つけたジーニアスが鬼気迫る勢いで詰め寄ってきた。

よほどソフィアのことが心配だったのだろう。当たり前だ。

「ちょっ⁉　ジーニアス、落ち着けって」

ジーニアスはアイザックの胸ぐらを掴み、今にも押し倒しそうな勢いだ。

「落ち着いていられるかよ！　ソフィアは大丈夫なのか？」

「フィアは無事だ……怪我もない！　何もされてない！　だから安心してくれ」

それを聞いたジーニアスはホッとしたのか、膝からガクッと崩れ落ちた。

「………よかった」

そんなジーニアスの肩をアレクは、優しくポンポンッと叩いた。

「ジーニアス君、ありがとう。君のおかげでソフィアは無事だった。それに二人の活躍により、ソフィアを狙っていた悪人を全て捕まえる事が出来た。後は私に任せてくれたまえ」

そう言うとアレクは影にウメカ・ツゥオが捕らわれている牢獄（ろうごく）の場所まで案内するように言い、スタスタと足早に歩いて行った。

その姿をボーっと見ていたアイザックとジーニアスだったが、後を追うように慌てて走っていった。

◇　ウメカ・ツゥオ

――なんでこんな事になったんだ！

全て上手くいっていたはずなのに、なんで私が牢屋に入ってるんだ！


ガシャン！　ガシャン！

ウメカ・ツゥオは鉄格子を思い切り叩く。

「おいっうるさいぞっ！　静かにしろ。また鞭で叩かれたいか？」

看守がウメカ・ツゥオに怒鳴りつける。

ウメカ・ツゥオが入っている牢屋は、王都の中で一番過酷な場所にある牢獄。

洞穴をほったまま、整地されていない土で出来た穴に鉄格子を付けただけの牢屋。

トイレはなくその辺で排便を済ませないといけないので、醜悪な匂いが一面に漂っている。

看守が鉄格子を蹴り洞穴から出ていこうとしたその時！

「あっ、こっ……こんな所にっ！」

看守が深く敬礼した。

その相手はソフィアの父アレクだ。

アレクは捕まえられたウメカ・ツゥオがこの牢獄に収監されたと聞き急いでやってきたのだ。

ウメカ・ツゥオは新しい服を着せて貰えず、焼け焦げた服……というか、殆ど裸の姿のまま牢屋にいた。

その身体には新たに出来た傷が生々しく浮き上がっていた。

牢屋に収監される際に、暴れたため看守に鞭で打たれたものだ。

「グレイドル公爵がこのような牢獄に来るなど……恐れ多い」

看守はグレイドル公爵に頭を下げたまま話をする。

「コイツに聞きたい事が色々とあってね？　事情聴取を私がする事にしたんだよ」

「グレイドル公爵様が直々にですか！」

「そうだ……分かったら、もう良いかな？」

グレイドル公爵はもう話す事は無いだろう？　という意味合いの言葉を、看守に伝える。

「あわっ！　しっ失礼しました！」

意味を理解した看守は、すぐさま逃げるように牢獄を出ていった。

その時、第三皇子アイザックや公爵子息ジーニアスにすれ違ったのだが、看守はそれどころじゃなかったらしく二人の存在に気付いていなかった。

「ウメカ・ツゥオ元司祭？　よく今迄隠れ潜んでいたね？」

アレクはニコリと微笑むが、その顔には殺気が満ちていた。

余りにも恐ろしい笑みにウメカ・ツゥオは震え上がる。

「ヒィッ！」

「私はね？　あなたがどんな事を、しようとどうでもいいんですよ？」

どうでもいいというアレクのその言葉に、ウメカ・ツゥオは少し安堵の表情を見せるも、次の言葉で奈落に突き落とされる。

「私の可愛いフィアたんに、何もしなければだけどね？」

アレクはキッと冷めた目でウメカ・ツゥオを睨む。

「あわっ……あ……」

ウメカ・ツゥオはアレクの覇気に怯え声が出ない。

「君はね？　私の至極の宝フィアたんを傷付けた。許されると思う？」

ウメカ・ツゥオは思った。

ソフィアはケガなどしてないし、なんならコッチがケガさせられたけどと。

「フィアたんをじっくり見たらね？　ドレスの腕の所に小さな綻びがあった。手首もほんのり桃色が濃くなっていた。その意味が分かる？　フィアたんをロープで縛った証拠だ！　そして手首が桃色なのは、ロープからフィアたんが脱出しようとしてもがいた証！　違うかね？」

ウメカ・ツゥオは思った。

それは全くの勘違いだと。

それはあなたの至極の宝である娘が、ロープを引きちぎったからですよと。

「違っ……確かにロープで縛りましたが！　そのロープはご令嬢が直ぐに引きちぎりました！」

「はぁぁ？　可愛くてか弱いフィアたんが……ロープを引きちぎるような野獣のような女だと愚弄するのか！」

アレクはウメカ・ツゥオの言葉に怒りを露わにする。

「違っ……嘘など……この期に及んで言ったりしません！　この目で見ました。ご令嬢のソフィア様はロープを引きちぎり、その後、跳び蹴りを我が仲間に喰らわせ気絶させたのです！　嘘じゃありません！」

「……ほう？」

ウメカ・ツゥオの言葉にアレクはどんどん般若の顔になっていく。

アレクとは打って変わり、アイザックとジーニアスはソフィアならあり得るかも……となんとも言えない表情で目を合わせる。

「お前は、私の可愛いフィアたんを侮辱した。嘘偽り無く話せば少しは……ほんの少しだけだが、酌量の余地もあった。だが貴様は嘘ばかり、しかもフィアたんを貶し侮辱するなど……明日の裁判を楽しみにしておくんだな！」

アレクはウメカ・ツゥオに雷魔法を放ち気絶させると、踵を返し牢屋から出ていった。

その後をアイザックとジーニアスが、何もする事が無かったなと思いながらついて行くのだった。

ソフィアに会ったら、じっくりロープの事や飛び蹴りの事を聞こうと思いながら。

◇

【国王謁見の間】。


煌びやかな椅子に座った国王の横に、般若の顔をした宰相アレク・グレイドルが立っている。

その目の前に平伏しているのは、ヒロウナ侯爵家令嬢アイリーン。

そしてその横には顔面蒼白の父ヒロウナ侯爵ギールと母ヒロウナ夫人マリアナが、並んで平伏していた。

張り詰めた空気の中、国王が言葉を発する。

「ヒロウナ侯爵よ？　禁忌の魔道具とされる魅了の魔道具を、娘のアイリーンが所持していた事は知っておるか？」

国王の言葉に驚き固まるヒロウナ侯爵。

「魅了の魔道具をアイリーンがですか？」

そんな侯爵に対しさらに詰めていく国王。

「そうだ、知らぬと申すのか？　其方の娘アイリーンは、学園で魅了の魔道具を使い子息や令嬢を操っていた。さらには高位貴族に対して、何度も魅了の魔道具を使ったと聞いておる。それが機能を果たしたか否かは置いといて」

王の話を黙って聞いていたヒロウナ侯爵は、ワナワナと震えアイリーンを睨む。

「お前はなんてことをしてくれたんだ！」

父ヒロウナ侯爵に罵倒（ばとう）され納得がいかないアイリーンは、国王の許しもないのに話しだした。

「私は何も悪くないです！　魅了とか知らないし……」

アイリーンの発言に、ずっと黙っていた宰相（さいしょう）アレクが冷めたような目で見据え、手を上げた。

するとロープで縛られた男が警備隊に背中を押されながら、歩いてきた。

「あっ！　あなたはっ」

その姿を見たアイリーンは思わず声を出してしまう。何故なら、目の前にいる男は魅了のペンダントを渡してくれた、占い師の男だったからだ。

「此奴を知っておるのか？　ヒロウナ嬢？」

国王はアイリーンのそんな姿を見逃すはずもなく、冷たく睨むと男について深く追及した。

「えっ……？　……しっ、知らないですぅ……？」

アイリーンは動揺し、小さな声であいまいな返事をした。

「ほう？　知らないと？」

国王は顎髭（あごひげ）をやんわりと撫でると、今度は警備隊に縛られた男に質問した。

「では、其方に聞こう。ここにおるヒロウナ嬢は、其方に会いに訪れ何か頼み事をしたのではないか？」

国王のその言葉に男は唾を飲み込むと……話し始めた。

「はい。私はそこにいらっしゃるヒロウナ令嬢に魅了の魔道具を渡しました。驚くべき事に、ヒロウナ嬢は私に会った途端、魅了のネックレスを寄越せと言ってきたのです」


――男の言葉にその場にいた一同が固まる。


何故なら、一令嬢でしかないアイリーンが、国家機密である魅了の魔道具の存在を知っていたと言う事が今明らかになり、それが大問題だからだ。

ヒロウナ侯爵達はワナワナと震え言葉にならない嗚咽を漏らした。

やっと自分の置かれた状況を理解したのか、アイリーンは自分は何も知らないと言い叫び出した。

「なっ!?　知らないっ、私は何も知らないのっ！　魅了なんて知るはずがない。その男が、私を陥れるためにウソをついてるのよ！」

反省もせず、ただ必死に嘘ばかりを並び立てるアイリーンのそのふざけた様子に、王の横に立つアレクは今にも血管がブチ切れそうな程に怒り、顔を赤くしていた。

「ほう……ヒロウナ嬢？　其方の話では全て悪くないと言ってるみたいだが？　我が至極の宝ソフィア・グレイドルの件に関しては？」

「……えっ……私は……何もしてないし」

アイリーンは目を泳がせながら嘘を吐く。

「どの口が言うのかね？」

その姿を見てアレクは「複数人が、君がドレス店から出た後、カフェに行ってからも見張っていたというのに！」と告げる。

その言葉を聞き青ざめ何も言い返せないアイリーンであった。

「はぁ……ヒロウナ嬢？　君には虚言癖（きょげんへき）があるようだね」

アレクは、後ろに控える影に視線を送ると、何か伝えるように静かに頷く。それを見た影は奥へと消えていった。

数分もすると、派手なドレスを着た女性がロープに縛られ連れてこられた。

その女性を見たアイリーンは目を見開き、生唾を飲み込んだ。

「ヒロウナ嬢、この女性に見覚えがあるかね？」

アレクはアイリーンの前に女性を立たせた。

「この女はね？　隣国アヤッスィール王国のドレスを許可なくこの国で販売していたんだよ。この事はアヤッスィール王国の国王に報告済みだ。この女の処罰は隣国にて決定されるだろうがね」

その話を聞いた女性は忌々（いまいま）しげにアレクを睨む。

そう、彼女はアイリーンがソフィアを連れていったドレス店の店主であった。

「さてと、ヒロウナ嬢が何も話さないので君に話を聞くとするか。ちゃんと話してくれたら刑を軽くしてもらえるよう、私の方からアヤッスィール国王に進言させてもらうよ」

その言葉に女は身を乗り出す。

「ほっ、本当かい？　私だって好きであんな仕事をしていたわけじゃないんだ！　生活に困り頼まれて店主をしていただけ、違法だって事は分かっていたけど、私だって生きていくために必死なんだ」

女は必死にアレクに訴える。

「では、話してくれるかい？」

「もちろんさっ！　そのヒロウナって娘は、うちの店に来てたよ。身なりの良い令嬢の友達と一緒に！　その子がドレスの支払いを全てしていたからよく覚えているよ。あっほら！　その時の伝票がこれさ」

女は伝票を警備隊の一人に渡す。

それを警備隊から受け取ったアレクは、そこに書かれているサインの文字を見つめ、ワナワナと震えた。

「……可愛いフィアたんのサイン……」

「アレク、なんと？」

アレクの言葉が聞き取れず国王が聞き返す。

「んんっ、これは我が娘ソフィアのサインです。ヒロウナ嬢がソフィアを連れ回していた証拠になりますね。その後カフェにてある男と共謀し、ソフィアは連れ去られた」

「そんなっ！　そんな事知らないっ。確かにソフィアをカフェに連れていったけどっ、……あわっ！　違っ、そのっ、私は騙されたんです！　何も知らないし利用されたの！」

喋れば喋るほどにボロが出てくるアイリーン。

「これ程の証拠を並べても白を切るとか、あなたはどんな神経をしてるんですかね？」

アレクは少し呆れたように話すと、「この男に見覚えはありますか」と再びアイリーンに質問した。

そこに、警備隊に連れられてローブを羽織っただけの男が現れた。


――ウメカ・ツゥオだ。


「あっ……！」

アイリーンは驚き思わず声をあげる。

「知っているようですね？　この男はね、我が唯一無二の宝ソフィアを誘拐し、あろう事か、奴隷にしようとしていたのだよ。そんな男と君は知り合いなんですね」

アレクはギリッと奥歯を噛み締める。

「ひぁっ……こんな男、知らなっ……」

アイリーンは動揺し狼狽える。

その姿を見たヒロウナ侯爵は、もう終わりだと諦め顔から生気がなくなった。

ヒロウナ夫人は理解が追い付かず、呆然とし固まっていた。

「これで全ての駒は揃いましたね。ヒロウナ嬢？　言い逃れが出来るなどと思わない事だ」

アレクの言葉の後に、ずっと黙って聞いていた国王が話す。

「これよりヒロウナ侯爵家の爵位返上、領地没収の判決を下す。魅了の魔道具を使った罪はそれ程に重い。明日から平民として暮らすがよい。娘アイリーンはこれより尋問を始める。虚言癖があるゆえ全て調べ終わるまで尋問は終わらないと思え！　本当の事を話すまで、どのような事をしても構わぬ！　連れていけ」

国王の言葉に顔面蒼白になって慌てるアイリーン。

まだ足掻き足りないようだ。

「ちょっ！　何？　気安く触らないでよっ！　私はヒロインだって言ってるでしょ？　何処に連れて行く気よ！　こんな展開はゲームになかったわ。アイザック様！　助けに来てくれるよね？だって私は愛されヒロインなんだから！　ちょっと離してってば！」

アイリーンは叫び抵抗するも、引き摺られるように何処かへと連れて行かれた。

◇　アイリーン

なんなの⁉　なんで私が牢屋に入ってるの？

何もしてないよね？

なのに……牢屋に入る時も、散々看守や警備兵達に蔑むようにバカにされた。

私に聞こえていないとでも思ってるの？

「侯爵家の令嬢が四大公爵家、ましてやグレイドル公爵様の愛娘を陥れようとするなんて……正気の沙汰とは思えない」

「そんな事しなくても侯爵家令嬢なんだから、良い嫁ぎ先も沢山あったろうに……終わったな」

「ははは っ、確かにな？　まぁ見目は綺麗だから俺が貰ってやろうか」

面白おかしく人の事をバカにして！

なんで私がお前達なんか相手にするのよ。

私はこの世界のヒロイン、アイリーンなのよ。

きっとこんなピンチも誰かが助けに来てくれる、大丈夫、乗り越えられるはずよ。

――そう思い牢屋で一晩明かすと……両手を縛られ何処かに連れていかれた。

その先で待っていたのは、玉座に座る国王様の前で平伏している私の両親だった。
私もその横に座らされ、頭を無理やり床に押さえつけられ平伏した。
何？　なんで両親が揃ってるの？
国王様となんの話があるのよ。
あっ！　もしかしてアイザック様が助けに来てくれたとか？
両親も一緒にって、そういう事？

——その淡い期待は直ぐに裏切られた。

私が魅了の魔道具を使った事を、国王様まで知っていた。
魅了のネックレスを買った占い師まで、証人として来ていた。
ドレス店の女まで……最後に現れた男は私が占い師だと思っていた男だった。
本物の占い師と並ぶと別人だと分かる。
私がこの男と共謀して、ソフィアを奴隷にしようとしてただって？
そんなの知らない！
そりゃ邪魔者ソフィアが奴隷になって消えてくれたら嬉しいって思ったけど！
私はそんな計画はまだ立ててない！

なんで皆が私を悪者にしようとするの？

私はこの世界のヒロインなのよ？　何をしても愛されるキャラなの！

おかしいわ！　なんで屑ソフィアの方が……


――皆が不思議そうに問う。何故私が魅了の魔道具の事を知っていたのかと？


そんなの乙女ゲームをしてたら皆知ってる情報よ！　知ってて何が悪いのよ？

私の話をまともに聞いてくれる人が一人もおらず、私は警備兵にどこかに引き摺られていく。

ちょっと待って……何処に連れていくの？

この部屋は何？　異臭がするし、そこら中に血の跡が……

嫌だ、この部屋は気持ち悪い！

「ヒロウナ嬢？　知ってる事を全て話さないとこの部屋は出られませんよ？　まぁ、私は楽しめればどっちでも良いですがね？　ククク ッ」

目の前に立つ不気味な男は気持ちの悪い笑みを浮かべた。

私をこの部屋に連れて来た兵士達も、口を覆い「嘘などつかず話すんだぞ」と言い急いで部屋を出ていった。

「なっ、何よ!?　ちょっと寄ってこないでよ！　私はヒロインなんだから！」

――この後、アイリーンの尋問は二日間行われた。

部屋から出て来たアイリーンは別人のようになっていたという。

尋問部屋で何があったのかは、誰も知らない。

知っているのは部屋にいた男、ただ一人だけ。

◇

王宮会議室。

会議室では難しい顔をした国王と宰相（さいしょう）アレクが二人そろって頭を悩ませていた。

「なんだ……ゲームとは？」

国王が不思議そうにアレクに問う。

アレクも理解に苦しむらしく、首を傾げながら話を続ける。

「アイリーン曰く、この世界は【乙女ゲームの世界】らしいのです。その世界ではアイリーンが主人公で、我が至極の宝石フィアたんは、悪の限りを尽くす【屑（クズ）の女王】悪役令嬢ソフィアという役割らしいんです」

「はぁ？　なんだその意味の分からぬ世界は？　ゲームの意味も分からんのに」

国王はアレクの言っている事が理解出来ず、頭を抱える。

「そうなんです。私もゲームという言葉の意味は良く分かりませんが、問題なのはアイリーンが予知をしていたという事実なのです」

「予知？」

国王が不思議そうにアレクを見る。

「はい。魅了の魔道具を購入した占い師がいる場所を、アイリーンは知っていました。それは、ゲームで知っていたと言うのです」

「ほう……という事は、ゲームとは予知の事なのか？」

「私もそうじゃないかと考えています。ゲームというのはアイリーンが作ったオリジナルの言葉じゃないかと」

「なるほどのう……では要するに、アイリーンは予知が出来るという事か？」

アレクは大きく頷いた。

「……はい。彼女の話は嘘だらけでしたが、ゲームで知ったという事は事実ばかりでした。一令嬢には決して知りえない事まで知っていた。……そしてアイリーンは、これから起こる未来を予知したのです。それは恐ろしく、もし的中（てきちゅう）すると我が国は大変な事になります」

「なんだと？　我が国が大変だと？」

その言葉に国王が思わず席から立ち上がる。

「アイリーンの話だとこの先、魔獣達がスタンピードを起こし、この王都に一斉に襲いかかると！　それを防ぐ方法はただ一つ。アイザック殿下が選んだ女性と愛を誓い合い親密になる事。親密度が上がると女性が聖女として覚醒し、その聖女がこの国全体に結界を張り、国の危機を救うのだと……」

アレクの言葉に国王が首を傾げる。

当のアレクも、自分は何を言ってるんだと自信を失っていた。

「はぁ？　アイザックが選んだ女性がなんで聖女になるのだ？　意味が分からない」

「そうなんですが……アイリーン曰く、これが乙女ゲームのよくあるテンプレだと」

「テンプラ？　先程から独特の言い回しが強すぎて理解に苦しむ」

「それは私も同感しますが、要するに彼女はスタンピードが近い将来起こると告げているのです。現実に起これば……」

国王とアレクは目を見合わせ、大きなため息をはく。

「アイリーンは今までゲームという名の予知を的中させているのだろう？」

「……はい。調べましたが全て的中しています」

「はぁ……なんて事だ！　もしスタンピードが起これば一大事だ！　それを収束出来るのがアイザックが選んだ女性とか……それって……」

「それって？」

「……いやなんでもない」

口には出さなかったが、国王はそれってソフィアが聖女って事じゃ？　と内心では思っていた。

何故なら国王は、ソフィアに対して五歳からの拗らせたアイザックの片思いを知っているから。

それをソフィアを溺愛しているアレクに言えるわけもなく……

国王と宰相は、別の意味で二人揃って頭を悩ませているのであった。

第四章　乙女ゲーム

私は屋敷の外にあるガゼボにて一人悶々(もんもん)としていた。

この場所は大好きな森の入り口が目の前にある、お気に入りの場所なのだけど……

ただ黙って、黙々とデトックスティーを飲んでいる。

そんな私の姿を見つけたシルフィが不思議そうに近づいてきた。

『ソフィア？　なに難しそうな顔してるんだよ？』

「……シルフィ……ちょっと考え事をね？」

『考え事？　そんな顔して？』

シルフィは何か言いたそうだったが、何も言わずにテーブルに並ぶクッキーを頬張った。

『うまっ！』

「ふふっ、今日のクッキーはドライフルーツ入りなのよ」

『フルーツ入り！　オイラが好きなヤツ！』

シルフィは嬉しそうにガゼボを飛び回る。

はぁ……シルフィを見て少しモヤモヤが晴れたけど、まだ納得がいかないわ。

――アイリーンの騒動があってから一週間の刻がたった。

ウメカ・ツゥオがアイリーンと共謀し、私を奴隷にし売ろうとしていたなんて、まさかそこまでアイリーンが私を陥れようとしていた事にはビックリした。

奴隷にしようと思える程にアイリーンに嫌われていたなんて、私何かしたかな？

そこまで嫌われる程にアイリーンと絡んでないと思うんだけどな。

腑に落ちないし、その事を聞いた時はすごくショックだった。

そしてその後が一番問題。

どんな判決になったのか、お父様は何も教えてくれない。

何かを隠しているような感じさえする。

唯一教えてくれたのは、アイリーンは北の監獄と言われている修道院に入ったらしいって事。

その修道院がある土地は年中吹雪いており、一度入ると中々外の下界との繋がりを持てない。だから監獄と言われている。そこで魂の修行をするらしい。

魂の修行って……一体どんな事をするのだろうか？

知りたいような知りたくないような……。

一人また悶々と考えていると、メイドのリリがアイザック様を連れてガゼボにやってきた。

その姿を見た私は、興奮気味に立つと、ガゼボから出てアイザック様に駆け寄った。

「アイザック様、お会いしたかったです！」

私がそう言うと、アイザック様が頬を染め驚く。

「嬉しいよ、ソフィアが僕に会いたがってくれるなんて！」

そう言い私の肩に手を回そうとするも、その事に気が付かない私は、アイザック様の手を引っ張りガゼボへと強引に連れていく。

「ソッ、ソフィア？　どうしたんだい？　そんなに慌てて」

そんな私の姿に驚くアイザック様。

だって、知りたい事が山のようにあるんだもの。

「アイザック様！　私……アイリーンやウメカ・ツゥオの件など、聞きたい事が沢山ありました！　なのに……アイザック様は中々遊びに来てくれないし。学園も、アイリーンの件で二週間も休みになりましたし！　私はアイザック様に会えなくて悶々としてたんです！」

会えなくて悶々としていたと言われ、一瞬口元をおさえ黙り込むも、私のただならぬ雰囲気にアイザック様は何かを感じ取った模様。

興奮覚めやらぬ私は、グイッと顔をアイザック様に近づけ、鬼気迫る目で見つめる。そんな私を落ち着かせるように優しく頭に手を置くアイザック様。

「ソフィア？　まずは落ち着いてくれ。僕が知っている事ならなんでも話すから！」

「本当に？　よかった、嬉しいです！」

私はアイザック様の手をギュッと握りしめ、今日一番の笑顔を見せる。

「このタイミングでその笑顔はずるいだろう」

「え？　アイザック様、なんて？」

「……はぁ。なんでもないよ」

アイザック様は私の頭をクシャリと撫でた。

「まずは何から知りたい？　僕が知っている事ならなんでも答えるよ」

アイザック様はニコッと皇子様スマイルで微笑むと、用意されたデトックスティーを一口飲んだ。

なんでも？　聞きたい事はいっぱいある。


――アイリーンの事、ウメカ・ツゥオの事……まずは何から……う～ん、決めた！


「ええと、まずはアイリーンについて知ってる事を教えてください」

「アイリーン？　分かった。北の修道院(しゅうどういん)に行ったのは聞いてるんだよね？」

「はい！　それしか聞いてません！」

「なるほど……まずアイリーンは、占い師という名の【アヤッスィール王国】の間者(かんじゃ)と繋がっていたんだ」

「えっ！　アヤッスィール王国⁉」

それって……ウメカ・ツゥオが繋がっていた上に、以前私が第三王子のリンク様と婚約させられそうになるのを避けて、アイザック様が（仮）の婚約者になった元凶の国！

またその国が絡んでいるの⁉

「そう！　間者は全て捕まえたはずだったんだが、まだ闇に潜みこの国を内から壊そうと企んでいた者達がいたんだ。アヤッスィール王国の国王はこの事を知らないと言い張るが、そんなはずはないだろうと陛下は考えている。これから国同士の話し合いになるだろう。もしかするとアヤッスィール王国はなくなり、我がリストリア帝国に吸収される事になるかもしれないとお父……陛下が話していた」

「え……じゃあこの国に来ている第三王子のリンク様はどうなるの？　嫌なヤツだけど……何もしてないのに」

「ブッッ！　嫌な奴って……確かにそうだったけど、リンク殿も今は改心し、僕の兄貴ジャスパーの右腕として色々と頑張ってるんだよ？」

「え……っリンク王子がですが？　どうやって改心したんですか？」

確かに何ケ月も見てなかったけど、知らなかった……いつの間に改心したの？

鼻持ちならない気取った奴だったのに……意外だわ。

でも学園の生徒会長であるジャスパー様が認めたなら、本当に改心したんだ。

どんな心境の変化があったんだろう……

「……うん。まぁ理由については色々だね……詳しくは僕も知らないけど、アレスが深く関わっているみたいだけどね」

アレス様が!?　改心の理由も色々聞きたいけれど、今はアイリーンが最優先。

「分かりました。でも、何故アイリーンがアヤッスィール王国の間者(かんじゃ)と繋がる事が出来たのかが不思議です」

だってどう考えてもおかしいもの！

いくらおかしな所があるといえども、アイリーンはれっきとした侯爵令嬢だ。

一令嬢が他国の間者(かんじゃ)なんかと出逢いようがないと思うんだよね。

「ソフィアもそう思う？　その理由がね、全く意味が分からないんだよ！　アイリーンはこの世界は【乙女ゲーム】の世界で、自分はヒロインだと言うんだ。そして、自分はそのゲームをしていたから魅了の魔道具を持つ占い師の場所を知っていたと、さらにはこの魅了の魔道具は本来なら別のヒロインが使うはずだとも……この意味が分かる？　謎の単語が多すぎて理解に苦しむんだよね」

アイザック様はそう言うと不思議そうに小首を傾げた。

「乙女ゲーム……ヒロイン……!?」

それって前世で聞いた事のあるネットゲームの事かな？

私はゲームとか全くしないからよく分からないけど、もしかしてアイリーンは私と同じ日本からの転生者？　の可能性があるって事？

この世界にある言葉じゃないもの！

でも私……前世では筋肉にしか興味がなかったから、乙女ゲームと言われてもイマイチピンとこない。乙女ゲームとは一体どんなゲームなんだろう？

ゲームと言ったら、赤い帽子を被ったヒゲのおじさんのゲームしかした事がない。

アイリーンに会って乙女ゲームとやらの内容を聞いてみたいけど、なんて質問したら良いか分からないし。

「後は逆ハーとか言ってたらしい」

「逆ハー？」

アイザック様がとんでもないパワーワードを言った。

それって逆ハーレムの略語だよね？　これは友人がよく酒に酔うと、美人に変身して逆ハー体験してみたいわ！　っと毎回言っていたので分かる。


――ちょっと待って……！

巻き戻る前のアイリーンが、アイザック様以外の子息達をいつも周りにはべらせていたのって、やっぱり魅了のペンダントを使ってたからじゃ……人気があってモテていたとかじゃなく。

だとしたら、あの性格にアイザック様たちが惚れたのも分かる。

だって魅了で操られていたんだから！

——ってことはだよ？　巻き戻る前の人生で殺される瞬間に見たアイリーンの笑みは……逆ハーして邪魔者排除されただけなんじゃ……

もしかして私は、アイリーンに良いようにしてやられたんじゃ。

もちろん屑な行為を働いたソフィアが一番悪いんだけど、アイリーンが魅了を使っていなかったら、あんな風に目立つ殺され方はしなかったんじゃ……

どうしよう、考えれば考える程に、色々と過去を思い出してきて……

アイリーンのヤバい行動の本当の意味が分かる。

やり直し人生のアイリーンが私をやけに嫌っていたのかも、何故いつも強気でいたのかも……

——なんで私は今までこんな大事な事を見落とし、気付かなかったんだろう。

「とりあえず一息つこうか？」

余りにも私が難しい顔をして固まってしまったので、アイザック様が気を使ってティータイムにしようと言ってくれた。

気を使わせてごめんなさい、アイザック様。

私の方が精神年齢は何十年も年上のはずなのに……情けない。

「そんな顔しない。今日はね？　フィアの好きなトーフケーキを作ってきたんだ。食べてみて」

「アイザック様手作りのトーフケーキですか！」

「もちろんそうだよ」

「ふふふっ、ふわふわで美味しいんですよね」

リリがケーキをテーブルに並べてくれる。なんて絶妙なタイミングで運んできてくれるんだろう。メイドの鑑だわ。

「こちらはケーキのお味を邪魔しない、さっぱりしたデトックスティーになります」

ケーキと一緒にピッタリのデトックスティーまで！

ありがとう、リリ。モヤッとしていた気分が少し晴れたわ。

「ふふっ。よかった笑顔になった。アーン」

そんな私を見たアイザック様が優しい笑顔を浮かべると、ケーキをアーンしてくれる。

最近はアーンがなかったので、なんだろう……久々のアーンは少し恥ずかしい。

「んんっ。おいし！」

アーンは恥ずかしいけれど。

ケーキの余りの美味しさに、ウットリと蕩ける笑顔になる私を見たアイザック様は、何故か手で顔を覆い下を向いた。

どうしたんだろう？

「くっ……その笑顔は反則だろう？」

「ほえ？　何か言いましたか？」

「んん？　なんでもないよ。はいアーン」

アイザック様からケーキをアーンして貰っていると……

「おいっ！　何をしてるんだよ！」

「何って、アーンだけど？　ジーニアスは何を邪魔しに来たんだい？」

いつの間にかジーニアス様が、ガゼボの前に立っていた。

「邪魔って……僕はソフィアにとある情報を教えに来たんだけど？」

「情報？」

私がなんの情報だろうと小首を傾げると。

「最新のね？　アイリーンについてだよ」

えっ！　最新情報⁉　そんなの知りたいに決まってるよ。

私は思わず身を乗り出して、ジーニアス様に詰め寄った。

「最新情報って、何があるんです⁉」

「ちょっ⁉　ソフィア近いって、全部話すから少し落ち着いてくれ」

ジーニアス様が、顔を真っ赤にして慌てる。

しまった……興奮の余り、距離感を間違えちゃった。

「す……すみません」

「ゴホンッ！　い……いいんだけどね？」

ジーニアス様はそう言うと、アイザック様のデトックスティーをごくりと一気に飲み干した。

「ちょっ⁉　何してるんだよ！　それは僕のデトックスティーだろ？　君のはこっちだろうが！」

「あっ……アイザックの⁉　ぺぺっ！　いっいいだろっ、そんな細かい事」

ジーニアス様は悪びれる事もなく、今度は自分のデトックスティーまで飲み干した。

どうしたんだろう？

そんなに喉が渇いてたのかな？

「ふぅ、落ち着いた」

そんなジーニアス様をジト目で見て、嫌味(いやみ)を言うアイザック様。

「僕は色々と邪魔されて、最悪な気分だけどね？」

ジーニアス様が落ち着くと、今度はアイザック様が少し不貞腐れてしまった。

デトックスティーを勝手に飲み干されたの怒ってるのかな？

私は急いでリリにおかわりを持ってきてと合図した。

ジーニアス様は深く深呼吸をすると、最新情報を話し出した。

「ソフィア、落ち着いて聞いてね。ヒロウナ嬢だけどね？　この先に起こり得る未来を予知したんだよ」

「アイリーン様が未来を予知した？」

「ああ。【乙女ゲーム】で全て知っていたと言っていたらしい。ヒロウナ嬢曰く、この世界は乙女ゲームの世界そのものなのだと」

乙女ゲームで全て知っていた？　意味が分からない。

ああ！　私のアホう。

なんで乙女ゲームとやらを全くしなかったのよ。

今更ながら前世で乙女ゲームをしなかった事が悔やまれる。

「その予言の中には、魔獣のスタンピードや新しいダンジョンの出現、さらには聖女や精霊の愛し子などビックリな未来視ばかりだったんだ」

ちょっと待って？　スタンピードって最近授業で習った魔獣の大量発生の事よね？

新しいダンジョンが出現？

それだってここ何百年も新しいダンジョンは出現していないと、歴史の授業で習ったのに。

「それに聖女に精霊の愛し子？　ってなんでしょう？」

初めて聞く単語に首を傾げていると。

『ああ、精霊の愛し子はソフィアの事じゃの！』

「ん⁉」

いつの間に来たのか、私の横に座り黙々とケーキを頬張っていた精霊王様が、とんでもない事を言い出した！

今度の姿はミニブタからウリ坊ですか……確かにモフモフ毛は増えたけども。

イノシシが上手に座ってケーキを食べている姿はなんともシュールですよ。

そして何を平然と愛し子とか言い出してるの？

私が精霊の愛し子とか！　嫌な予感しかしませんよ！

本当勘弁して下さい。

巻き戻る前って、屑ソフィアが愛し子とか……そんな事あった？　いや、あるはずがない。

落ち着け私。冷静に巻き戻る前の事を思い出すのよ。

そもそも屑の女王ソフィアの時って……精霊の愛し子とかいたかな？

そんな目立つ存在……屑のソフィアが見逃すはずないんだけどなぁ。

変な汗を流しながら過去を必死に思い出そうとするも、聖女や愛し子については全く記憶に無かった。

——もしかしてソフィアが死んでから起こる未来に登場したんだろうか？

「ソフィア！　大丈夫？　汗が酷いよ？」

「ふぉ？」

アイザック様が額から滝のように流れてくる汗を、心配そうにハンカチでふいてくれた。

ハンカチ皇子様ですか！　そんな気遣いまでしてくれるのですか！

アイザック様の優しさが身に染みる。

どうやらアイザック様は、私がこの先の未来について悩み、不安になって汗をかいてると思ったみたいだ。

違うんです！　横にいるイノシシがいきなり私の事を【愛し子（いとしご）】とか言いだすから！

汗が止まらないんです！

「あれ？　ソフィアの横にイノシシの子供が座ってケーキを器用に食べてる。ププッ……ブサイクだけどなんとも言えない良さがあるな」

ジーニアス様が精霊王様に気付き頭を撫でようとする。

「あっ……ジーニアスっ！　ちょっとまて！　そのイノシシはっ」

イノシシが精霊王様だと知っているアイザック様が、ジーニアス様を止めようとするも……

「えっ？」

『我はブサイクではない！』

ブサイクと言われ怒った精霊王様が、ジーニアス様を魔法でガゼボの外に放り出した。

「……いてて」

「ジーニアス様、大丈夫ですか？」

慌てて私はジーニアス様の所に駆け寄った。

「ああ……大丈夫だよ！　ビックリしたけど」

いきなり外に放り出されたジーニアス様は、自分に何が起こったのか理解出来ないみたいだ。

これはジーニアス様にも話した方が良いと思い、イノシシが精霊王様であると説明した。

初めは驚き理解が出来なかったジーニアス様も、イノシシらしからぬ行動、魔法、それにアイザック様や私がそんな嘘をつくはずもないと、やっと理解してくれた。

「じゃあ……このイノシシは本当に精霊王様なんだ……古い文献では読んだけど、伝説の精霊王様がイノシシの姿をしてるなんて」

ジーニアス様は目の前に凄い方がいると、プルプルと震え精霊王様を見る。

精霊王様はケーキを食べ終えると『そうじゃ！　我はすごいのだ。敬え』といきなりふんぞりかえった。イノシシの姿だと全く威厳もありませんけど？

ジーニアス様とアイザック様は、そんな精霊王様をバカにせず、凄いと褒め称えた。

その後二人で妖精について語り出した。

私は今がチャンスとばかりに、精霊王様に愛し子の事をこっそり聞く。

何故ならアイザック様達は、二人で妖精について話してるから、私達の会話など気にしないと思ったからだ。

「精霊王様、私が本当に愛し子なの？　なんで？」

『なんでって……ソフィアは今まで気付いてなかったのか？　まず愛し子でないと妖精達と話は出来んし、ましてや複数の妖精と契約などもっての外じゃ！』

「そんな……それは前もって言ってくれないと！　何年もたって今更愛し子ですよ？　とか言われても……もう他に私に言ってない事とかないよね？」

私は他にも秘密があるんじゃ？　と不安になり精霊王様を抱き上げ揺すった。

『こりゃ！　揺するな！　やめるのじゃ！』

「本当に何もない？　私が愛し子って事だけ？」

つい興奮して声が大きくなる。

『そうじゃ！　もうない。じゃがいいのか？』

「いいって何が？」

精霊王様の言いたいことが分からず首を傾げる。

精霊王様はフイっと鼻先を横に向けた。アッチを見ろと言わんばかりに。

「えっ？」っと鼻が指す方を見ると……

「「ソフィアが愛し子!?」」

アイザック様とジーニアス様が青い顔をして私を見ていた。

あれ？　愛し子ってバレた？

『当たり前じゃ！　あんなデカい声で愛し子なんて言えば誰じゃって気になる』

精霊王様に呆れたように言われた。

そんなに声が大きかった？

「ちょっと待ってくれ！　ソフィアが愛し子って！　じゃあ聖女は誰なんだ!?　僕はてっきりソフィ……」

私が愛し子だと知り、ジーニアス様は頭を抱え込んで俯いてしまった。

「えっ？」


——てっきりソフィ？


ジーニアス様、今なんて？

驚くと同時に、とんでもない事を言いださなかった？

僕はてっきりの後はなんですか？

「おいっ、ジーニアス！　一人で考え込まないでくれ。考えてる事を全て僕らにも共有してくれないか？」

アイザック様が知ってる事を全て教えろと言わんばかりにジーニアス様に凄む。

「…………分かったよ。だが、今から言う話には、ソフィアを悪く表現する内容がある。だが大人しく聞いてくれよ？　僕の本心ではない」

ジーニアス様に注意されアイザック様はおとなしく頷いた。

「……分かった」

私を悪く表現？　嫌な予感しかしない。

私の不安をよそに、ジーニアス様はメモ書きした紙を出し話し始めた。

「僕が聞いた話を全てするね？　まずはこの世界は【聖なる乙女達と悪の女王】という乙女ゲームの世界と酷似しているらしいんだ。この聖なる乙女がヒロウナ嬢を含んだヒロインと言われている人達、そして悪の女王がソフィアの事らしいんだ」

「なっ!?　ソフィアが悪の女王とか！　ふざけるな、癒しの女王とか豊穣の女神とかなら分かるけど！」

その話を聞いたアイザック様は大人しく聞いてと言われたのを忘れたのか、プンスカと怒りを露わにする。

アイザック様……怒ってくれるのは嬉しいんですが、恥ずかしいです。

なんですか？　癒しの女王って。

「まぁ……落ち着けよ。僕だってそんな事これっぽっちも思ってないさ、これは全てヒロウナ嬢から聞き出した情報だ」

「すまない……フィアをバカにされたようでつい」

アイザック様は申しわけなさそうに俯いた。

「話を続けるよ？　そのゲームではね、貴族のヒロインであるヒロウナ嬢と平民のヒロインであるシャルロッテ嬢が悪の女王に立ち向かい断罪するんだと。その後、国を恐怖に陥れるスタンピードが発生し、二人のどちらかが聖女に覚醒。国中を覆う大きな結界を張り、国を魔獣から護るらしいんだ」

えっ？　シャルロッテもヒロインなの？

それに悪の女王を断罪した後って言った。って事はやっぱり私が死んだ後に聖女やら愛し子やらが登場するんだわ。そりゃ記憶にないはずよ。

『むう？　国を護る結界ならソフィアが張れるぞ？』

「ブッッ！」

ちょっと精霊王様、何を突然言い出すんですか！

ビックリして思わず噴いちゃったでしょ！

ジーニアス様の話を聞いていたらしい精霊王様が、いきなり余計な事を話しだした。

私は慌てて追加のクッキーを精霊王様に渡すのだった。

良かった……アイザック様達が精霊王様の言葉が分からなくて。

結界を張れるとか、それって私が聖女の役割りも出来るって言ってるようなもんだけど？

「アイリーンとシャルロッテが……聖女候補」

アイザック様が呟くとジーニアス様が直ぐに否定した。

「まぁ……でも多分違う」

「は？　違う？」

「ああ。聖女に選ばれるには、ある条件があるんだ。それを満たさないと聖女の力を覚醒出来ないらしい」

「なんだ？　ある条件って？」

「……言えるわけない。アイザックの深い愛を得た乙女が聖女として覚醒するとか……それって絶対ソフィアしかいないだろなんて」

ジーニアス様が小さな声でぶつぶつと呟いた。

「えっ？　なんて言ったんだ？　声が小さすぎて聞き取れなかった」

聞き返すアイザック様。

「ゴホンッ！　条件に関してはまだ分からないんだ」

ジーニアス様はまだ分からないと言うけれど。

アイリーンは北の修道院に入れられた。

ってことは聖女候補から外れるんじゃ。

そうすると残されたヒロインのシャルロッテが、聖女として国を護らないといけないんじゃ⁉

どーしよ……シャルロッテがそんな目に遭うのは嫌だ。

だって、どう考えても危険だもの。

ヒロインとかよく分からないけど。

私が代わりに結界を張って上手くいくなら……

私が悶々と悩んでいたらジーニアス様が再び話を始めた。

「そして悪の女王とスタンピードから国が救われたら、乙女ゲームは第二章が始まるらしいんだ」

「『第二章？』」

意味が分からずアイザック様と声を揃えて聞き返す。

「そう。第二章は、愛し子と精霊王様の愛の物語が始まるんだって」

「ブッッ！」

再び私は噴いた！

何を言い出すんですか！　ジーニアス様。それにアイリーンもよ！

嘘を混ぜてないよね？

私の横に座りクッキーを頬張っているウリ坊と？　愛し子って私の事よね？

ウリ坊と私のどんな物語ですか！

絶対に愛なんて始まらないと思う！

それだけは断言できる！

「ジーニアス……それはさすがにヒロウナ嬢の虚言（きょげん）だろ。なんでも言う事を鵜呑（うの）みにするのもどうかと」

アイザック様が眉間（みけん）に皺を寄せ、鋭い顔でジーニアス様を睨む。

「それが……嘘をつくと分かる魔道具の前で話したので……その……でも僕も信じてはいないけどね」

ジーニアス様も信用出来ないと言い張る。

一連の話を聞いていたのか、精霊王様が突然『虚言（きょげん）ではないのだ。我はソフィアが好ましい』などと言い出した。

「ブッッ！」

本日三回目ですよ！　噴いたの。

ちょっ！　どさくさに紛れて何を言い出してるんですか？　精霊王様？

私が好ましいんじゃなくて、私が作るおやつが好ましいんでしょ？

私の異変に気付いた、アイザック様とジーニアス様がジッと見つめてきた。

そんな目で見ないでください。

もうお腹いっぱいです！　これ以上はキャパオーバーです。

とりあえず……第二章ってなんですか？

「フィア？　どうしたの？　横に座ってる精霊王様が何か言った？」

アイザック様が少し不安そうな目をして私を見つめる。

私の態度があまりにも挙動不審だったからだろう。

「なっ！　お前、さっきからずっとソフィアの事を愛称で呼んでないか？」

ジーニアス様が愛称呼びの事をつっこんできた。

特に深い意味はないから、そんな顔して気にする必要もないんだけどなぁ。

仲良くなったら愛称呼びとか前世でも当たり前だったし。

「今はそんな事どーでも良いだろ？　それよりも、その第二章とやらについてだよ！　精霊王様と愛し子の愛の物語ってなんだよ……」

アイザック様はどうやら第二章が気になったみたいだ。そんな物語はスタートしないので気にする必要ないですよ。

「……その……フィアは精霊王様の事が……その……好きなの？」

「ブッッ！」

アイザック様が不安げな表情をして、とんでもない質問をぶっ込んできた。

ビックリしてまた噴いちゃったでしょ！

本日何回噴いたかもう分からない。

私が精霊王様を好きになるとか絶対にあり得ませんから！

この残念な精霊王様の何処に惚れるんですか！　と声を張り上げて文句を言いたい気持ちをグッと抑え、私は冷静を装い質問に答えた。

「精霊王様を好きになるとかあり得ません！　そう、絶対に！」

それを聞いたアイザック様が少し安堵した表情をする。

残念王を好きになるような変わり者じゃないと分かって、ホッとしたのかな？

『なんでじゃ！　我の何処が気に入らんのだ！』

私の話を聞いた精霊王様が横でプンスカ怒りながらクッキーを食べている。

……あのですね？　そういう所ですよ、と声を大にして言いたい。

「とりあえず今はその、第二章？　とかの話よりスタンピードをどうするか考えた方が良さそうだな」

何故か満面の笑みでニコニコしているアイザック様が、スタンピードについてどうする？　と聞いてきた。どうやら第二章についてはもういいみたい。

良かった精霊王様との第二章の話がこれ以上膨らまなくて。

『ぬう……ソフィアが冷たい。我は好ましいと言うておるのに』

せっかく終わった話を精霊王様がぶつぶつと蒸し返し文句を言っている。

うん。ここはそっと気付かないフリをしよう。

「そうだな！　今は先の事より近々起こる事が最優先事項だよな。アイリーンの予言が正しければ、スタンピードはこの一ヶ月後に起こるらしい。それまでに出来る最善の方法を考えないといけないね」

ジーニアス様はそう言ってメモを見返した。

『スタンピードなど、ソフィアがどうにでも出来るであろ？　そんなステータスをしておってからに』

ジーニアス様の話を聞いた精霊王様がまた余計なひと言を喋る。

精霊王様？　その口にもっとクッキーをねじ込みましょうか？　少し黙ってくれませんか？

なんですか、『そんなステータス』って！

——そういえばステータスをずっと確認してなかったな。

何か変化してるのかな？

私は深く考えずにステータス画面を出した。

【ソフィア・グレイドル】

種族　　人族

性別　女
年齢　13
体力　S（A　UP↑）
魔力　S（A　UP↑）
攻撃力　S（C　UP↑）
防御力　S（C　UP↑）
スキル　全属性魔法　炎Lv．5　水Lv．MAX　風Lv．MAX
雷Lv．2　氷Lv．2　土Lv．4
光Lv．MAX　闇Lv．2　聖Lv．MAX
アイテムボックス
錬金術
加護　創造神デミウルゴス　女神リリア
契約妖精　シルフィ（風の妖精王）　ウンディーネ（水の妖精王）
使役獣　リル（神獣（しんじゅう）フェンリル）

「ブッッ！　何これ！」

ステータスを見て思わず噴いた。

何、この異常なレベルの上がり具合は！

魔力とかFから最高ランクのSに上がってるし！

スキルのＭＡＸって最高値よね？

このステータスが異常だっていうのは、さすがに私でも分かる。

一人パニックになる私をアイザック様とジーニアス様は不思議そうに見ていた。

◆

「はぁ……」

アイザック様とジーニアス様のお茶会という名の報告会はとんでもなかったな。

夕方になり二人が帰ったので、私は部屋に戻り、聞いた内容を忘れないように紙にメモしていた。

「本当にこんな事おこるのかな……」

『ソフィア？　どうしたの』

リルがぴょんと膝の上に乗ってきて不思議そうに私を見る。

「んん？　色々と不思議な未来の話を聞いてね、本当に起こるのかな？　って考えてて……」

私はそう話しながら可愛いリルの頭を撫でる。

『良くわかんないけど、いつでも僕はソフィアの味方だからね』

そう言ってリルが私の頬を舐める。

「リルー！」

リルがあんまりにも可愛い事言うもんだからギュウっと抱きしめる。

『うわっぷ。ソフィアくるし……』

「あっごめん！　リルが可愛い過ぎて……」

そう言って私はリルのお腹を撫でまくる。

『ふふっ、ソフィアの手気持ちぃー♪』

ああ……リルがいたら悩みも吹き飛んじゃうな。

「……でも本当にスタンピードとか起こるのかな？」

『んん？　おこるよーなんで？』

ボソッ……と呟いた言葉にリルが軽く返事をしてきた。

「なんでって！　この王都がなくなるぐらいの凄いレベルなんでしょ？」

『ん？　確かに魔獣(まじゅう)達の数は多いのかなぁ？　でも、ソフィアのそばには僕がいるから何も心配いらないよ？』

リルはそう言って尻尾(シッポ)をぷりぷりと揺らせ褒めてと言わんばかりのアピールをする。

いや……私が無事でも王都がなくなったらダメだよね？

「リル？　私は王都も守りたいんだけど……」

『えーっ!?　そうなの？　じゃあ僕たちで魔獣達全てやっつけちゃう？　そしたら王都も無事だね♪』

リルはこれで問題解決とばかりに少しドヤ顔で私を見る。

ええと……なるほど。

私はこの王都に聖女かの如く結界を張るか、勇者かの如く魔獣達を討伐しに行くのか……

この二つって究極ですけど!?

一人悶々としてると、ラピスが部屋に入ってきた。

「ソフィア様？　どうしたんです、そんな顔して？」

ラピスが少し心配そうに私を見る。

「ンン？　大丈夫よ。ちょっと究極の選択を決めかねてて……」

「究極の選択ですか……ふふ。それも大事ですが、綺麗なお顔の眉間に皺が寄ってますよ？　そうだ、リラックスできるマッサージをしますね」

ラピスがリラックスマッサージをしてくれるという。

これは元々、小さな頃に私がラピスにしてあげていたマッサージなんだけど。

いつからか私がしてもらうように逆転していた。

リラックスマッサージとは、緊張しすぎて夜眠れなかったラピスのためにしてあげていた、頭のマッサージの事……でも、成長してされる側になると少し恥ずかしい。

しかも、ラピスはマッサージしながらジッと見つめてくるから余計に。

そんな事など気にせずにラピスは自分の太腿(ふともも)をポンポンとたたく。

これは膝枕(ひざまくら)の合図。

「ソフィア様？　横になって下さい」

私は言われるがままラピスの太腿(ふともも)に頭を乗せた。

「ではマッサージしますね」

ラピスが頭を優しくマッサージしてくれる。

ラピスの綺麗な顔が近いので、恥ずかしくて目が開けられない。

恥ずかしいのに、ラピスのマッサージが気持ち良すぎて、私はいつの間にか眠っていた。

「ソフィア様、おやすみなさい」

私をベッドまで運ぶと、髪に愛おしそうに口付けしラピスは部屋を静かに出て行った。

◆

久しぶりに学園が再開した。

登校すると、シャルロッテの頭の上が煌々(こうこう)と輝いている。

あれは何⁉

シャルロッテに会いたすぎて輝いて見えるだけ⁉

近づいてみると、どうやらあれはシルフィみたいな妖精のよう。

どうしてシャルロッテの頭の上に乗っかっているんだろう？

『お前っ！　久しぶりだなっ』

『わぁ！　本当ね。何百年ぶり？　何処にいたの？』

空をふわふわ飛んでいたシルフィとウンディーネが、いつの間にか近くに来て、シャルロッテの頭の上の妖精に向かって話しかけている。

見た感じお友達？　っぽい？

私が頭の上らへんを不思議そうに凝視していたのが気になったのか、シャルロッテは何か言いたげな表情をして私を見る。

「ソフィア様……私の頭に乗っている妖精が見えるのですね？」

「……うっ、うん」

妖精の話は他の人に聞かれるとまずいので、私たちは生徒達がいない場所に移動した。

「実は私、最近この妖精と出会って、初めは光の塊が動いていただけだったんですが、突然姿が見えるようになって……その理由が……そのう。申し上げにくいんですが……」

シャルロッテが言い辛そうにしどろもどろに話す。

「実は一週間前の事なんですが、私は部屋でソフィア様から頂いた大切なクッキーを食べていたのです。すると強い光の塊が目の前に飛んできて、それはすぐに妖精だと気付きました。次の瞬間、この光が私の持っていたクッキーに近付くと全てのクッキーが消えたのです。残り少なくなっていた大切なクッキーを」

「えっ？　クッキーが消えた？」

「はい。この頭に乗っている妖精が、私の大切なクッキーを全部食べたんですよ！」

いつも温厚なシャルロッテがプルプルと震え、怒りを露わにし強く主張した。

「それからです。この妖精の姿が急に見えるようになり、どこかに行く時は私の頭の上にこの妖精が乗って離れなくなったのは」

シャルロッテがこの妖精に急に付き纏われるようになったと困っている。

『お前、なんでシャルロッテと一緒にいるんだ？』

シルフィが妖精に質問してくれた。

すると、シャルロッテの頭の上に乗っていた妖精が話し出した。

『僕ずっと……何百年も眠ってたんだけど、あまりにも美味そうな魔力の匂いがするからね？　匂いで目が覚めたんだ。魔力を辿るとこの女の子が、極上の魔力を纏った食べ物を美味しそうに食べていたから少し拝借したんだ』

シャルロッテの頭に乗っている妖精が、旨そうな魔力を見つけたと得意げに話すが、なんだろうその姿……精霊王様と同じ匂いがしてならない。

何百年もの眠りから覚めるほどの匂いって、私の魔力は一体どんな匂いを放ってるんですか？

気になって仕方がない。

『魔力を纏った食べ物でこんなに旨いんだ。それならばこの魔力を直接食べたらどんなに旨いんだろうと思ってね？　この女の子の頭に乗って魔力の持ち主に出会えないかと見張ってたんだよ。ふふ……っやっと出会えた！』

どうやらシャルロッテを困らせていた妖精の目的は、私の魔力らしい。

妖精って食いしん坊しかいないんですか？

『おいリム！　もしかしてソフィアと契約する気じゃ！』

『あったりまえさ！　シルフィは既に契約してるんだろ？　僕だって契約したいよ。こんな極上の魔力を独り占めとかずるいよ？』

ええと……リムさんですか？　何を勝手に話を進めてるんですか？

私一言も契約するとか言ってないですよ？

シャルロッテが見えるだけで妖精の話す言葉が分からなくて本当良かった……。妖精達私のこと極上の食べ物みたいに話してるから、そんな事知られたら少し恥ずかしい。

『ねぇソフィアだっけ？　僕と契約して！』

リムという妖精が嬉しそうに私の周りをクルクルと飛んでいる。

……断っても良いですか？

私は食べ物じゃないので！

無理だろうけど、心の中で声を大にして断ってみた。


――っていうか、リムはなんの妖精なの？


『だけどさリムよ。お前……もうその子と契約してるじゃん？』

シルフィは突然、シャルロッテとリムという妖精が契約してると言い出した。

『おいおいシルフィ？　ソフィアを僕に取られたく無いからって何言って？　……あれっ⁉　なんで？　本当だ！　僕この子と契約してるー！　なんで？』

契約してると知り驚き慌てるリム。

おいおい今更気付いたのか？　と言わんばかりに、その様子をジト目で見るシルフィとウンディーネ。

『なんでって……リムはさ？　この子、シャルロッテの頭にずっと乗ってソフィアを捜してたんだろ？』

『……そうだけど……それがなんだって？』

『はぁ……寝ぼけてるのか？　オイラ達って契約の時にどうする？』

『頭に……っ！　あっ！』

『分かった？』

シャルロッテの頭の上でリムと言われている妖精が身悶えている。

どうしたのかな？

「シルフィ？　二人で話してないで私にも説明してよ」

シャルロッテが契約してるとか聞いたら、私も心配で黙っていられない。

『んんとね？　オイラ達って契約する時に魔力を頭……脳に送るんだ。脳からオイラ達の魔力が体全体に流れて契約が完了する。このリムはさ？　シャルロッテの頭に乗ってる間に、知らないうちに魔力を送ってたみたいなんだ』

シルフィにそう言われ、少し恥ずかしそうに鼻の頭をぽりぽりと掻くリム。

『僕ずっと眠ってたからさ……契約の内容ちょっと忘れてたみたい。ははっ。どうやらクッキーを食べたときに興奮して魔力を流していたみたいだ』

『だからお前とソフィアの契約は無理だな』

「契約が無理ってどういう事？」

『オイラ達妖精は、一人と契約するとその人が死ぬまで新たな人との契約が出来ないようになってるんだ』

『そうよ。契約の重複ができるなんて精霊王様ぐらいよね。まぁ精霊王様はソフィアに夢中だから、そんな事はしなさそうだけどね。ふふふ』

ウンディーネが面白がって精霊王様の事を例えに出してきた。

いやいやいや、それは全然他の人と契約してくれて構わないって言うか、お願いしたいくらいですが？

『そっかぁ。くっそー！　極上の魔力を直接食べたかったなぁ』

ええとリムだっけ？

人の事を食べ物みたいに言うのやめてね？

『なぁソフィア？　早くプリン食べようぜ。あれプルプルしててうんまいんだ』

『そうそう！　プリンが喉をつるんって通る喉越しが最高なのよ』

ウンディーネ？　喉越しが最高とか。前世で見た食レポの人みたいだけど？

どこでそんなセリフを覚えたんですか？

「あのう……ソフィア様？　さっきから妖精様達と何を話されていたんですか？」

蚊帳（かや）の外にいたシャルロッテは、自分だけが理解出来ていないのが気になったようで質問してきた。

「ええと……」

困ったな。

いきなり妖精と契約したとか言われたら、シャルロッテはビックリするだろうし……

「とりあえず、皆で私が作ったプリンを食べません？」

私は話をそらすように保管していたプリンを保冷の箱から出した。

「これは……？」

プリンを不思議そうに見るシャルロッテ。

「ふふっ、スプーンですくって食べてね？」

『僕もちょうだい！』

『オイラもー！！』

リムやシルフィがプリンを寄越せとプリンを入れている箱に群がる。

「はいはい。たくさん持ってきたから、慌てなくても皆の分あるから！」

『うんまー！』

「おいひいです」

シャルロッテが涙目になり、美味しそうにプリンを頬張っている。

良かった、気に入ってくれて。

後はシャルロッテにリムの事をどう説明するかだわ。

私は後に回していた問題を、どう解決したら良いのか頭を悶々（もんもん）と悩ませるのであった。

『ほう？　美味そうなのを食うておるのう？』

皆でプリンを食べていると、精霊王様の声が聞こえてきた。

んんっ！　噂をすればウリ坊姿の精霊王様が、短い尻尾をぷりぷりさせながらトコトコ歩いてきた。

相変わらず神出鬼没ね。

お菓子の時間を狙って登場してる所が、さすが食いしん坊の残念っ……いや精霊王様だわ。

『ふうむ？　これは初めて見る甘味じゃ。我も食べたいのじゃ！』

精霊王様がベンチの横にチョコンと座った。

相変わらず器用に座ること。

その姿でプリンをどうやって食べる気だろうか？

食べる姿を勝手に想像し、私は一人ニヤニヤとほくそ笑んでいた。

「精霊王様、これはプリンという甘味です」

私が精霊王様にプリンを渡すと器用に前足で挟み受け取った。

「このスプーンを使って食べるんですけど、その姿では使うのは難しいですよね？」

『んん？　全然大丈夫じゃよ。早くスプーンを貸すのじゃ、プリンが食べれんじゃろう？』

どうやって食べる気なのだろう？

もうすでに両前足塞がってますけど？

と思ったら、左前足にプリンがくっ付いている。

「へ？　くっ付いてる？」

その姿にビックリし固まっていると。

『魔法じゃ！　分かったら、はようスプーンを寄越すのじゃ！』

精霊王様が急かすので慌ててスプーンを渡す。

「あっ、はい」

『うむ、うまいのじゃ。なんともいえんこの食感がたまらんのじゃ』

精霊王様は器用にスプーンを使ってプリンを食べている。プリンを食べるのに魔法を惜しみなく使う所がさすが精霊王様。

もう既に一個めはすぐに食べ終え、二つめに突入している。

「ソフィア様、もしかしてこのイノシシの子供は……」

シャルロッテが少し緊張した面持ちで精霊王様を見ている。

「精霊王様よ。さすがシャルロッテね。イノシシの姿をしてるのに分かるのね」

「はいイノシシなのにやたらキラキラと輝いていますので……」

さすが魔力数値が高いシャルロッテ、精霊王様の纏っている魔力が見えるのね。

しかし精霊王様の登場で、和らいでいたシャルロッテの表情がまた固まってしまった。

余計にリムの事を言いづらくなってしまった。

でも言わないわけにはいかないし、私は意を決してリムの事を話した。

「あのね、驚かないで聞いて欲しいのだけど。その頭にずっと乗っていた妖精は、シャルロッテともう契約してるらしくて……」

「私と契約ですか⁉　ソフィア様のクッキーを勝手に食べたこの妖精と？　あっ、だから姿が急に見えるようになったのですね」

シャルロッテはクッキーの事を根に持っているのか、契約を心から喜んでいない様子。

「そう……それで妖精と契約すると魔力数値やその妖精の魔法レベルが上がったりするんだけど」

「魔力数値や魔法レベルですか……？」

シャルロッテが不思議そうに頭を傾げる。

そういえばリムはなんの妖精なの？

肝心な事を聞いていなかった。

「リムってなんの妖精？」

『あれ？　言ってなかった？　僕は光の妖精だよ！』

質問するとリムが自分は光の妖精だと教えてくれる。

「光の妖精！」

「あの？　光……ですか？」

リムと話していると、シャルロッテが話しに割って入る。

「あっ、えっとね？　シャルロッテが契約した妖精は光の妖精だって！　だから光魔法のレベルが上がってると思うよ！」

「光の妖精……？」

『おう！　よろしくな？』

「光の妖精リムがよろしくって」

私がリムの言ってる事をシャルロッテに伝える。

「あっ、よろしくお願いします！」

シャルロッテは深々とリムに向かってお辞儀した。

『光の妖精と契約したと言う事は、シャルロッテとやらが人族の世界の言葉でいう【聖女】じゃろうの。歴代の聖女とやらは全てリムと契約しておる』

精霊王様がまた爆弾発言をポイッと落とす。

「えっ？　そうなの⁉」

私は慌ててリムを見る。

『んんと……？　確かに聖なんとかって呼ばれてたかも？　前の契約者がいたのは五百年も前だし、眠ってたし忘れちゃった。へへっ』

――リムは軽く答えるけど……今の話をまとめると、スタンピードが発生したら、シャルロッテが聖女として結界を張らないといけなくなるんじゃ？

それは心配だ。

なら私が一緒に結界を張れば良いんだよね？

シャルロッテのためなら、私も聖女にだってなっても構わない！

なんなら結界を張るお手伝いをした後、勇者となってスタンピードで発生する魔獣を倒してもいい。

あれ程勇者になろうか、聖女になろうか悩んでいたのに……

私は大好きなお友達のためならなんにでもなれるんだなと、自分でも少し驚いた。

シャルロッテが聖女確定ならば、スタンピードの事も話さないといけない。

いきなりはビックリするだろうからやんわりと……

「あのね？　シャルロッテ……驚かないで落ち着いて聞いてほしいんだけど……その」

私が眉尻を下げ少し困り顔をして話し出したのが気になったのか、さっきまで蕩ける笑顔でプリンを食べていたシャルロッテの顔がキュッと引き締まる。

「なんですか？」

「実は光の妖精リムと契約した人は、皆聖女として何かしら国に貢献しないといけないらしくて……」

「国に貢献ですか？　私のような平民にそのような機会を与えて頂けるなんて光栄です！」

シャルロッテは私の想像に反して感嘆の声を上げる。

「え？　嫌じゃないの？」

「えっ？　いいえ全く。むしろ嬉しいです！　私のような者が、この国の役に立てる事があるなんて感動です」

「そっ、そうなんだ……」

私はキラキラした目でそんな事を言うシャルロッテが眩しくて、自分が少し恥ずかしくなった。

聖女になるのが嫌だとか、勇者になって戦うのもちょっとなぁなんて、悩んでいた自分が心底恥ずかしい。

そうよ！　国の役に立つんだもの！

このチート能力を今活かさないで、いつ活かすって言うのよ！

「そっか……シャルロッテがそう言ってくれるなら良かった。私に出来る事ならなんでも協力するからね！」

「ありがとうございます！」


——リーンゴーン♪　リーンゴーン♪


朝の授業が始まる鐘の音がなる。

「もうこんな時間！　シャルロッテ、教室に戻りましょう」

シャルロッテの愛国心の強さにビックリして、肝心のスタンピードの説明ができないまま話が終わってしまった。

また改めてその話をしなくちゃだわ。

エピローグ

「デトックスティーをどうぞ」

全ての授業が終わると、私は生徒会室を訪れていた。

いつもなら授業が終わり次第、馬車に乗りグレイドル邸に帰るのだが、今日は生徒会で色々と話があるため、メンバーが生徒会室に集まっていた。

生徒会室ではアイザック様のお兄様で会長のジャスパー様、それにジーニアス様のお兄様であり副会長のジェイド様が、ソファに座り難しい顔をしている。

その横に精霊王様が呑気(のんき)に座り、クッキーを幸せそうにモシャモシャと食べているんだけど……

なるべく視界に入れないようにしようと思った。

何故なら緊迫した空気が一気に緩んでしまう。

私は皆にリラックスしてもらいたくてデトックスティーを配った。

「それで、スタンピードから救ってくれる聖女はこの学園に在籍しているシャルロッテ・ハーメイ嬢という事で間違いはないね？」

副会長のジェイド様が紙にメモを取りながら、話を進めていく。

何故生徒会のメンバーがシャルロッテが聖女だと知っているかというと、シャルロッテに確認をとり私が報告したから。

「スタンピードはいつ起こるかって言う詳しい日程は、まだ分からないんだよね？」

ジャスパー様がジーニアス様に質問する。

「そうですね。僕が聞いた範囲ではそうです」

ジーニアス様はそう言いながらも何か悩んでいるようだ。

何やら一人ぶつぶつと独り言を言っている。

何を言ってるんだろう？

「何故シャルロッテ嬢が聖女に決まったんだ？　聖女はアイザックが好きな乙女じゃなかったのか？　まぁ僕としては、少しホッとしたけど。これでヒロウナ嬢の予知も全てが正解じゃなくなった事が立証できたし」

「あのう……ジーニアス様？　何を言って？」

余りにも独り言が激しいのでジーニアス様に話しかけてみた。

「あっ……なっなんでもないんだ。大した事じゃないから僕の事は気にしないで？」

ジーニアス様はそう言うとジャスパー様の話に耳を傾けた。

「後は魔獣達をどう抑えるかだな。もうすでに魔獣は一部の街を襲っていると報告が上がっている」

ジャスパー様の話を聞いた私は、思わず会話に入る。

「え？　スタンピードが起こってないのに？　もう魔獣が暴れているんですか？」

魔獣が暴れていると聞いて、私は心配で心臓がどくどくと激しく脈打つ。

「ソフィア。大丈夫だから落ち着いて」

「そうだね。僕が今日聞いた話では、辺境の村が次々に襲われていると」

アイザック様が私の様子を心配して、落ち着かせようと声をかけてくれる。

「そんな！　辺境の村を助けに行ったんですか？」

「それが……今はスタンピードに備えていて……助けに行ったという報告は聞いていない」

「そんな……」

私が落胆していると、追い打ちをかけるように精霊王様が再び爆弾を投下した。

『ムゥ？　このままじゃと間に合わずに、スタンピードが起こる前に辺境にある村は全滅するのう』

そう言って器用にデトックスティーを飲んでいる。

へ？　精霊王様？

何を呑気にティーを飲んでいるんです？

言ってる事とやってる事の温度差が激しくないですか？

全滅するんでしょ⁉

「精霊王様⁉　全滅って⁉」

私は精霊王様を抱き上げユサユサと身体を激しく揺すった。

『ちょ？　ソフィア、いきなり何をするんじゃ！』

「精霊王様！　辺境の村に私を今すぐ連れて行って！」

それを聞いたアイザック様が不安げに何か私に言っていたが、私の耳には全く入ってこなかった。

『分かったから！　ゲホッ、案内するから落ち着くのじゃっ！』

「ソフィア落ち着いて、精霊王様が苦しそうだよ」

私があまりにも激しくユサユサと精霊王様を揺するので、心配したアイザック様が止めに入った。

「あっ、ごっ、ごめんなさい。動転してっ」

『ソフィアは興奮すると、周りが見えなくなるのは困りもんじゃの』

「ふぐっ」

空気を読めない精霊王様に、ジト目で見られながら苦言を吐かれてしまったが、その通りなのでなにも言い返せない。

その様子を黙って見ていたジャスパー様とジェイド様の様子がさっきからおかしい。

「ソッ、ソフィア嬢？　さっきからそのイノシシの子供を精霊王様と呼んでないかい？　君のペットとばかり思っていたのだが……」

「何故イノシシの子供をそのような名で？」

二人が驚きで固まりながら質問してきた。

しししっ、しまったー！

まだジャスパー様達には、精霊王様の事とか話してなかった。

どうやらジャスパー様達は、精霊王様を私のペットだと思って気にしてなかったようだが、ペットを精霊王様と呼び、私の様子があまりにも変なので異変に気付いたみたい。

困った！　精霊王様の話をすると長くなるし、なんて説明したら……

「ゴホンッ！　ええとですねお兄様？　わけあってこのような姿をしていますが、このイノシシの子供は精霊王様です。仮の姿のおかげで、僕たちは普段は見る事が出来ないご尊顔を今拝見しています」

「「このイノシシの子供が精霊王様……」」

私が困っていると何かを察したのかアイザック様が代わりに説明してくれた。

「その……気になってる事を質問していい？　ソフィア嬢は精霊王様と会話しているように思えたんだが？」

ジェイド様が不思議そうに聞いてくる。

「ええとそれは……」

「お兄様。その事についてはまた後で詳しく話します」

どのように説明して良いのか言葉を濁していると、今度はジーニアス様が間に入って説明してくれた。

なんて気がきくの！

二人ともありがとうございます。

それを聞いたジャスパー様達は言いたい言葉を飲み込むと、私を安心させるために現状について詳しく話してくれた。

「今はまだ到着していないってだけで、兵士達は辺境の村に向かっているんだ。それに冒険者達も援護に行ってくれていると、辺境の村に一番近い街にある冒険者ギルドのマスターから報告を聞いている」

「そうなんですね」

それを聞いて少し安堵するも、精霊王様の言葉がよぎる。


——だって、私に間に合わないと言った。


って事は兵士や冒険者たちが到着する前に、辺境の村は窮地に立たされるという事。

ジャスパー様たちの話を聞いても安心するどころか、私の顔がどんどんと険しくなっていく。

「ソフィア？」

そんな私の様子を察して、アイザック様が心配そうに私を見つめる。

「精霊王様はなんて言ってるの？」

「それが……このままだと辺境の村は全滅だと」

「「「なっ？　なんだって！」」」

それを聞いた皆が私に注目する。

「ソフィア嬢、その話だと兵士や冒険者は間に合わないのかい？」

ジャスパー様が深刻な表情をし、私の目をじっと見つめ質問する。

「……はい」

「そんなっ！」

私の返事を聞いたジャスパー様は、崩れ落ちるようにソファに座り、黙り込んでしまった。

「ソフィア嬢？　精霊王様はいつ全滅すると？」

ジェイド様が不安げに聞いてきた。

そういえば、いつ全滅するのかはまだ聞いていない。

「精霊王様？　いつ全滅するのですか？」

『むぅ？　そうじゃのう……もってあと一日かのう？』

はっ、はぁぁ!?

あと一日!?

「あと一日と言っています」

「なっ！　兵士が村に到着するのは明日だと聞いている！　冒険者達は村に到着している者達もいると聞いたが……」

『冒険者だけでは無理じゃろうの』

それを聞いた精霊王様が無理だと答える。

「そんなっ！　じゃあ助けることはできないの？」

『なんじゃ？　ソフィアは村を助けたいのか？』

精霊王様がクッキーを食べながら呑気に返事をする。

なにを今更！　さっきからずっとそう言ってるよね？

私は声を大にして返事をする。

「助けたいです！」

『なら、我が辺境の村まで運んでやろう。我の力なら魔獣達の殲滅など容易いもんじゃが、この世界の理に反するので我は手助けできないがの？　ソナタを運ぶくらいならいいじゃろ』

「本当ですか!?　ありがとう精霊王様！」

私は嬉しさのあまり精霊王様をギュッと抱きしめた。

『ぐっぐるじい……』

「あっ、ごめんなさい！」

興奮のあまりギュッと強く抱きしめ過ぎていたようだ。

私は慌てて手を緩める。

『ったく怪力め。これは貸しじゃからの？』

「はあい……」

そんな私たちのやり取りを見ていたアイザック様達が、教えてと言わんばかりに私を見る。

「精霊王様はなんて？」

「ええっと、このままだと間に合わないので、今から辺境の村に精霊王様が連れて行ってくれるそうです。私、行ってきます！」

「「「はっ？」」」

皆が目を満ん丸にして驚いている。いきなりそんな事を言われてもビックリするよね。

でも、私の力で助けられる人がいると分かっていて、ただ待っている事は出来ない。


――でもどうやって連れて行ってくれるんだろう？


『では行くか！』

精霊王様が尻尾をフリフリ歩き出した。

「えっ？　行くってどこに？」

『何処って、決まっておろう辺境の村じゃよ』

「あっそっか。そうだよね」

精霊王様の後をついて生徒会室を出ようとしたら、アイザック様が走ってきた。

「あのっ、精霊王様！　僕も連れて行って下さい！」

「アイザック様？」

「僕も！　お願いします」

「ジーニアス様も？」

「当たり前だろ？　ソフィアを一人で行かせるなんて事、心配で出来ないよ」

「そうだよ！　もっと僕の事を頼ってよ」

二人が私を心配してくれるのが嬉しくて、自然と笑顔が溢れる。


——一周目の人生では、こんなの考えられなかった。


アイザック様もジーニアス様も、心の底から私の事を思ってくれて、協力しようとしてくれているのだと分かる。それは、私にとって何よりも嬉しい事だ。

「ありがとうございます」

思わず私は二人の手を握った。

「ふぐっ……っ」

「クッ……」

何故か二人は自分の手を見つめ固まってしまった。

そんなに強く握ってないと思うんだけど。

痛かったのかな？　気持ちを込めすぎたみたい。

『飛んでいこうと思ったんじゃが人数が多いのう……ふむ。馬車で行こう』

「馬車ですか？」

『そうじゃ！　急ぐぞ！』

精霊王様はそう言うと、物凄い速さで走っていく。

「ちょっ!!　待ってください」

私は精霊王様を追いかけ慌てて生徒会室を出た。

「ソフィア嬢、一緒に行けなくてごめんね。僕たちはこれから陛下に報告しに行ってくる。アイザック、頼んだぞ！」

ジャスパー様達が見送りしてくれたが、精霊王様を追いかけるのに必死で返事できなかった。

すみません。でも、安心していて下さいね！

『遅いのじゃ！』

精霊王様は私の馬車の前で尻尾(シッポ)をプリプリさせながら待っていた。

「はっはぁ……」

私が話も出来ないくらいに息を切らしていると、ふいに優しく背中を撫でられる。

「ソフィア様、大丈夫ですか？」

「シャルロッテ!?　なんで？」

シャルロッテが心配そうに私の背中を撫でていた。

「ええと……その。廊下を歩いていましたら、慌てて走る精霊王様を見かけて少し気になったので、あとを追いかけてきたんです。そうしましたら、後ろからソフィア様達が来られて」

『さあ！　みんな馬車に乗り込むのじゃ！　ゆっくりしている時間がないぞ！』

「わっちょっ!?」

精霊王様が鼻先でグイグイ押してくるので私達は急いで馬車に乗り込んだ。

シャルロッテは巻き添えで馬車に乗る事に。

「あのう……ソフィア様これは一体？」

「ええと……巻き込んじゃってごめんね？」

私は不思議そうな顔をするシャルロッテに今までの事を話した。

その話を聞いたシャルロッテはどんどん真剣な表情になり、遂には黙り込んでしまった。

リムと契約した事で聖女になるという話はしていたけれど、こんないきなり聖女としての出番が訪れるなんて思わないもんね。魔獣(まじゅう)に対峙(たいじ)するなんて想像するだけで怖いはず。

「シャルロッテ？　大丈夫？　怖かったら馬車に乗って待機していていいからね？」

「あっ！　違うのです、恐いとかではなく。精霊王様の後をついてきて心底良かったと安堵していたのです。ソフィア様が危険な目に遭うかもしれない時に、何も出来ないなんて想像するだけで無理です。後をついてきて本当に良かった……私はソフィア様の力になる事が出来るんですね」

そう言ってシャルロッテは太陽のように眩しく笑った。

うう……シャルロッテが眩しくてつらい。

私の力になりたいとか、どんだけ天使なの？

「ソッ……ソフィア！　ままっ窓！」

シャルロッテの尊さを感じていたら、アイザック様が声をかけてきた。

「アイザック様？　どうしたんです？　そんな顔をして」

アイザック様は青褪め窓の外を見ている。

窓の外に一体何が？

アイザック様が見ている外を同じように見ると。

「わっ！！」

飛んでる……！　馬車が空を飛んでいる。

「すごい!!　空を飛んでるわ！」

『ふふん？　すごいじゃろう。これなら辺境の村まで一時間じゃ！』

「綺麗……」

窓から見える景色は、前世の飛行機から見る空より綺麗に思えた。

「空から街を見下ろすことが出来るなんて夢のようです」

シャルロッテもニコニコと空の景色を楽しんでいる。

ただ、アイザック様とジーニアス様は景色を楽しむ事なく青褪め固まり。

二人は馬車に必死にしがみ付いていた。

それにしても、こんなビックリする方法で辺境の村へと向かうことになるなんて、思ってもみなかった。さすが精霊王様！


——やり直しの人生は予想外の事ばかりだ。


アイリーンが私と同じ転生者かもしれないなんて想像もしていなかったし、この世界が【乙女ゲーム】の世界だなんて言われても、どうしていいか分からないままだ。

これから起こるスタンピードを収める事が出来るのか、アイリーンの未来予知を覆す事が出来るのか……。そもそも私が愛し子って事も、シャルロッテが聖女だって事も、完ぺきに受け入れられているとは言えない。

何もかも不安な事ばかりだ。

でも一つ言えるのは、私は一周目の人生とは比べものにならないくらいに今の人生が大好きだって事。そして、皆と一緒なら何があっても大丈夫だって事。

――処刑フラグには負けないし、この世界は私が守るんだから！

［漫画］甲羅まる
［原作］大福金
RC Regina COMICS
嫌われ者の【白豚令嬢】の巻き戻り。
{ shirobuta reijo }
二度目の人生は失敗しませんわ！
VOLUME. ONE 1
5歳からのやり直し!?
処刑エンドをハッピーエンドにしてみせます!
目を覚ましたら、悪事を働き、処刑される寸前の白豚令嬢【ソフィア・グレイドル】に生まれ変わっていた…!?　処刑台の上で最期を待つその時、突如神様が現れ、“ソフィアとして五歳から人生をやり直してみないか”と提案が。「このやり直し、絶対に成功させて幸せな老後を送るんだから！」ソフィアとして待ち受ける数々のフラグをへし折り、時にはザマァしてみたり……幸せな未来の為に奮闘していると、本人が気づかぬうちに周囲から愛されていき…!?
処刑エンドをハッピーエンドにしてみせます!!!
癇癪令嬢が5歳に巻き戻り愛され令嬢に変身!?
話題の大人気Web小説が早くもコミカライズ!!
アルファポリス
無料で読み放題
今すぐアクセス!
レジーナWebマンガ
ISBN:978-4-434-32673-8
B6判 / 定価:748円(10%税込)

転生したら
捨てられたが、拾われて
楽しく生きています。
01
RC
Regina COMICS
原作 トロ猫
漫画 みつなり都

不遇な姉の異世界逆転劇
原作：渡邊香梨
漫画：タロコ
聖女の姉ですが、宰相閣下は無能な妹より私がお好きなようですよ？
1
大好評発売中！！
妹中心の人生をおくっていた姉のレイナ。進学を機にようやく妹マナから解放されるはずが、突如、ゲームの世界に転移してしまう。そこにはなんと「聖女」として召喚されたマナが！ マナは雑用を押し付けるため、レイナを異世界に喚んだのだ。妹の補助輪人生から脱却したいレイナは宰相エドヴァルドに協力を申し出る。彼のもとで妹から解放されるため勉学に励んだり、元の世界の知識を使っていたら、周りの目が変わっていき——!?
アルファポリスWebサイトにて好評連載中！
RC Regina COMICS
もう誰にも私を邪魔させない。
無料で読み放題
今すぐアクセス！
レジーナWebマンガ
B6判 定価：770円（10％税込）

［原作］夜船 紡
［漫画］園太デイ
RC Regina COMICS
とある小さな村のチートな鍛冶屋さん
1~3
大好評発売中!
3
とある小さな村のチートな鍛冶屋さん
［原作］夜船 紡
［漫画］園太デイ
神様、この世界に来た意味がわかりました
シリーズ累計17万部突破!!
ある日、神様の手違いで命を落とし、異世界に転生したメリア。神様はお詫びに、10歳の体と憧れていた鍛冶スキルを与えてくれた。毎日大好きな鍛冶ができるなんて、最高すぎる! と、日々を満喫していたメリアだったけれど、実は彼女の鍛冶スキルは超チート。周りが放っておかなくて——!?
無料で読み放題
今すぐアクセス!
レジーナWebマンガ
B6判／ 3巻 定価:770円(10%税込み)
1〜2巻 各定価:748円(10%税込み)

RC
Regina COMICS
原作 丹辺るん
漫画 平一加
前世の記憶と魔法を頼りに生き延びます
転生先は盲目幼女でした 1~4
虐げられた令嬢を拾ったのは伝説のもふもふでした。
転生先は盲目幼女でした 4
前世の記憶と魔法を頼りに生き延びます
丹辺るん
平一加
命を狙う刺客たちとの最終決戦!
チートな力と仲間の絆で
幸せを掴みとる!

この作品に対する皆様のご意見・ご感想をお待ちしております。

おハガキ・お手紙は以下の宛先にお送りください。

【宛先】

〒150-6019 東京都渋谷区恵比寿 4-20-3 恵比寿ガーデンプレイスタワー 19F
（株）アルファポリス　書籍感想係

メールフォームでのご意見・ご感想は右のＱＲコードから、
あるいは以下のワードで検索をかけてください。

アルファポリス　書籍の感想

ご感想はこちらから

本書は、「アルファポリス」(https://www.alphapolis.co.jp/)に掲載されていたものを、
改稿、加筆のうえ、書籍化したものです。

嫌（きら）われ者（もの）の【白豚令嬢（しろぶたれいじょう）】の巻（ま）き戻（もど）り。二度目（にどめ）の人生（じんせい）は失敗（しっぱい）しませんわ！２

大福金（だいふくきん）

2024年 7月 5日初版発行

編集－加藤美侑・森 順子
編集長－倉持真理
発行者－梶本雄介
発行所－株式会社アルファポリス
〒150-6019 東京都渋谷区恵比寿4-20-3 恵比寿ガーデンプレイスタワー19F
TEL 03-6277-1601（営業） 03-6277-1602（編集）
URL https://www.alphapolis.co.jp/
発売元－株式会社星雲社（共同出版社・流通責任出版社）
〒112-0005 東京都文京区水道1-3-30
TEL 03-3868-3275
装丁・本文イラスト－甲羅まる
装丁デザイン－AFTERGLOW
（レーベルフォーマットデザイン－ansyyqdesign）
印刷－中央精版印刷株式会社

価格はカバーに表示されてあります。

落丁乱丁の場合はアルファポリスまでご連絡ください。

送料は小社負担でお取り替えします。


ISBN978-4-434-34083-3 C0093